MON NOM DANS LE NOIR

JOCELYN NICOLE JOHNSON

MON NOM DANS LE NOIR

roman

Traduit par Sika Fakambi

TERRES D'AMÉRIQUE

ALBIN MICHEL

« Terres d'Amérique »

Collection dirigée par Francis Geffard

Retrouvez toute l'actualité de Terres d'Amérique et de ses auteurs sur Facebook (Terres.Amerique) et Instagram (terres_amerique).

Cet ouvrage a été publié en accord avec
DeFiore and Company Literary Management, Inc.,
et l'agence littéraire Eliane Benisti.

Édition américaine originale parue sous le titre :
MY MONTICELLO

Pour mes parents,
qui m'ont donné le jour en Virginie,
dont ils ont fait notre chez-nous.

I

Nous avons été les premiers à le prendre, ce petit mont. Moi et MaViolet et quelques voisins, nous fuyions ensemble First Street pendant que des hommes venaient mettre le feu à notre rangée de maisons aux toits de tôle. Ils sont venus dans le crépuscule, beuglant une version opératique d'*Oh Say Can You See.* Visages blancs surgissant de jeeps empoussiérées et chevelures sombres battant au vent âcre du temps nouveau comme des drapeaux en loques. *ON EST CHEZ NOUS !* braillaient les hommes. Fusils rutilants comme tout juste déballés après leur achat. Une milice de supermarché. À travers une brèche dans les stores de MaViolet, j'ai même aperçu avec eux un jeune garçon blond, ricanant derrière la vitre d'un pick-up. Ils jaillissaient des banquettes du fond, bondissaient du plateau des camionnettes et se précipitaient droit au-devant de nos maisons. Mains blanches empoignant des bonbonnes métalliques, brandissant des torches aux flammes déferlantes. Les cris violents, les brumes de fumée qui montent – tout ça et bien d'autres choses encore, nous arrachant de chez nous. Depuis nos petits carrés d'herbe pelée à l'avant des maisons, nous avons vu l'élan confus des corps de quelques riverains faisant front pour tenter de les arrêter. Nous avons vu un adolescent se prendre un coup de crosse de fusil, du rouge gicler de sa tempe. Un bambin en couche-culotte gigotant et se cramponnant aux hanches de sa mère qui tombe à genoux sur le trottoir. Ces choses que nous avons vues, sur le moment elles nous ont rivés à elles, et ensuite elles nous ont libérés, elles nous ont affranchis.

Aucune issue en vue jusqu'à ce que j'aperçoive un minibus stationné dans First Street : le Jaunt et son habillage de bannière étoilée. MaViolet les prenait souvent, ces petites navettes de centre-ville destinées au transport des personnes âgées ou handicapées. Ce Jaunt était resté sans bouger devant chez nous pendant des semaines, abandonné là comme tant d'autres depuis l'effondrement des réseaux. Une trouée dans une rangée de jeeps rugissantes, et Knox et moi avons couru jusqu'à la navette, traînant avec nous MaViolet en peignoir et pantoufles beiges. Derrière, j'ai vu Devin surgir d'un passage entre deux bâtiments, des éclats métalliques à la bouche et aux hanches. Ses cousins jumeaux le talonnaient, et tous les trois gesticulaient frénétiquement pour faire diversion.

Quand nous avons atteint le Jaunt, MaViolet s'est hissée sur le marchepied, péniblement, puis s'est écroulée dans un des sièges libres à l'avant. Je me suis baissée sous le volant où, miracle, j'ai vu pendiller les clés. Un petit groupe de voisins se tassaient les uns contre les autres dans la courte allée centrale, nous interpellant en signe de reconnaissance. Tout le monde s'est tu quand, à ma suite, franchissant le pas de la portière, est apparu Knox – mon amoureux rencontré à la fac, grand, blanc, aux lunettes cerclées de métal. Moi aussi je l'ai dévisagé, l'espace d'un instant, pendant que me traversait cette interrogation irréfléchie, Pourquoi aimons-nous ce que nous aimons ?

Ces hommes en armes avaient sans doute repéré nos ombres à travers les vitres du Jaunt : il y a eu comme une explosion de pétards, de grands traits déchiquetés de lumière aveuglante, puis j'ai entendu une voix crier, *Démarre ! Démarre ! Démarre !*

C'était Devin – les jumeaux et lui avaient riposté, tirant sur les hommes en même temps qu'ils se frayaient un passage jusqu'à nous. Ils se sont jetés dans le véhicule et j'ai mis les gaz, serrant le volant tellement fort entre mes mains que mes paumes en sont restées endolories pendant des jours. Plutôt que nous arracher, nous nous envolions de First Street.

Et cette nuit-là nous avons pris ces lieux, si ce n'est très exactement les premiers, du moins les premiers depuis le début du démantèlement, ce nouvel âge sombre où tout s'est vu affranchi, encore. Voilà ce que je pense. Sans parler de notre droit originel, dénié, dénigré, mais toujours pulsant dans nos veines, celles de MaViolet et les miennes.

II

Les hommes avec le feu sont venus dans le sillage des grandes et terribles tempêtes qui ont abattu les arbres centenaires et noyé sous les eaux l'hôtel de ville. Ils sont venus après que l'électricité a été coupée pour de bon, après que les écrans de nos téléphones se sont mis à boguer et s'éteindre entre nos mains. Ils ont tous crashé en même temps, et c'est alors que j'ai vu de mes yeux un avion à réaction et un hélicoptère sanitaire tomber en chute libre au milieu d'un ciel d'avril sans pluie. On n'aurait pas su dire si c'était la ville qui se trouvait sous le coup d'un siège, ou si le monde sombrait sous son propre poids inutile.

Durant ces semaines irréelles d'effondrement, des hordes débridées d'étudiants ont refusé de quitter le campus. Certains s'organisaient des beuveries dehors sous une pluie battante. D'autres appelaient à manifester, outrés de ce que leur avenir ait pu leur être confisqué, quelle qu'en soit la raison. Pendant quelque temps je suis restée moi aussi, par désespoir ou détermination : mon transfert de fac et mes frais de scolarité représentaient tellement d'efforts et de sacrifices, et pas seulement de ma part. J'avais déjà emménagé chez Knox à ce moment-là, dans sa chambre rudimentaire mais prestigieuse en lisière du Lawn, la grande cour gazonnée de l'université. Je ne m'absentais que pour de très courtes périodes, espacées de quelques jours, pour voir comment se portait MaViolet, la maman de ma maman, qui m'avait pour ainsi dire élevée. MaViolet vivait à seulement quelques kilomètres, dans l'un des ensembles de logements sociaux de la ville. Mais après ma dernière visite, quand j'ai voulu rentrer à la résidence, l'accès à de vastes pans du campus avait été barricadé. Une bande de jeunes hommes, le visage marqué de stries aux couleurs de notre fac, se sont acharnés contre moi, criant et crachant, me repoussant brutalement. *Mais je suis étudiante !* leur répétais-je. *J'ai toutes mes affaires ici !* Et Knox m'attendait à l'intérieur du périmètre bouclé, ignorant complètement, je l'ai su par la suite, la rapidité avec laquelle la situation dégénérait dehors. Plus tard, quand je lui ai raconté comment nos camarades d'amphi m'avaient barré la route, son regard s'est fait fuyant, comme s'il n'arrivait vraiment pas à croire ça d'*eux*, ou juste à croire *ça*, ce qui pouvait revenir à ne pas me croire *moi*. Mais l'important c'est que Knox ensuite était venu me retrouver dans la maison de MaViolet, après mes efforts vains pour regagner le campus.

Quittant First Street dans le Jaunt lancé pleins gaz, nous sommes passés à toute vitesse devant chez Brown's, la supérette aux pompes à essence vandalisées et aux vitrines recouvertes de planches. Arrivés aux feux de circulation désormais hors d'usage nous avons bifurqué et pris une longue voie pentue à travers un îlot de maisons qui sans doute, dans le temps, avaient été charmantes. Désormais, elles avaient l'air lugubres et délabrées, plantées au milieu de leurs pelouses délaissées.

Dans mon dos quelqu'un a dit, *Tu t'es coupé ?*

Quelqu'un d'autre a demandé, *Tout le monde va bien ?*

Puis la panique a surgi parmi les voix à l'arrière. *C'est eux ? Oh mon Dieu ! Ils sont encore à nos trousses ! Accélère !*

Effectivement, dans le rétroviseur latéral je voyais une Jeep noir luisant qui prenait de la vitesse derrière nous. Ils sont là, toujours les mêmes, toujours plus proches, et que nous feraient-ils s'ils nous rattrapaient – et *nous*, que faudrait-il que nous fassions alors ? D'autres éclats de voix ont remonté l'allée centrale jusqu'à moi, mais pendant un temps le sens de tous ces mots m'a complètement échappé : un bourdonnement intense avait envahi ma tête. À l'intersection suivante j'ai braqué le volant vers la droite, mais la Jeep a pris le virage aussi, nous collant au train.

J'ai entendu la voix de MaViolet, *Seigneur, que nous arrive-t-il ?*

Je ne savais pas où nous allions – je savais seulement qu'il fallait qu'on parte. J'aurais pu prendre l'autoroute, sauf qu'un homme seul en arpentait la bretelle d'accès. Quand il a vu notre Jaunt, il a ouvert grand les bras depuis la chaussée. Il avait l'air de hurler quelque chose, mais je n'aurais vraiment pas su dire ce que c'était. Je n'aurais pas su dire s'il voulait qu'on vienne à lui ou s'il voulait nous mettre en garde, nous tenir éloignés. Un bandana lui masquait presque tout le visage, et un liquide de couleur sombre lui coulait sur les yeux et tout autour.

Derrière, la Jeep a pilé dans un grand crissement, comme devant une ligne invisible, et s'est retrouvée en travers des voies.

J'ai roulé droit devant, le pouls battant au creux de ma gorge, tandis que notre ville se rabougrissait, se ratatinait derrière nous. Les voix dans le minibus s'étaient tues à nouveau, si bien que je n'entendais plus que le chuintement des pneus sur la chaussée et le bruit des branches écrasées. Dans le rétroviseur, MaViolet tripatouillait l'empiècement de son peignoir, le visage baigné de l'éclat cuivré du couchant. Nous sommes passés devant l'établissement où j'ai fait mon premier cycle universitaire, ses bâtiments blottis au milieu de la courbe des collines. Nous approchions à vive allure des pentes brumeuses de la chaîne du Piedmont, où la route se glissait dans l'ombre des arbres. À la hauteur du dernier réverbère défaillant, j'ai viré sur la gauche, ne serait-ce que pour éclipser le spectre persistant de cette Jeep qui dérapait en travers de la route.

Je ne savais pas du tout où je nous conduisais. Pas même quand nous avons croisé la route escarpée menant au verger, ou ralenti dans le virage près de la vieille épicerie, avec ses murs de bardeaux sombres et son immense roue de moulin accrochée au flanc. De l'autre côté d'un parking, une bâtisse coloniale devenue taverne se détachait, éclatante de blancheur derrière ses trouées de fenêtres aux volets noirs et clos. J'ai roulé encore, suivant toujours cette route étroite bordée d'arbres, sa série de virages en lacets, entraînée jusque là-bas comme par une force magnétique. Le Jaunt, trapu et pesant, tirait un peu vers le bas-côté, à croire qu'il voulait nous faire heurter un tronc. Et puis j'ai vu le pont en pierre de Monticello, clair dans le crépuscule. Et c'est là que j'ai compris.

Je suis passée sous le pont puis au-dessus en empruntant un virage en épingle à cheveux. Et nous avons entamé l'ascension finale. Lentement. De plus en plus haut, comme si c'était quelque chose que nous avions fait toute notre vie, monter. Puis un portail en bois, défoncé par la chute d'une branche. Et plus haut encore, parmi les arbres gigantesques.

Nous avons fait une petite boucle avant d'arriver devant le pavillon d'accueil – un ensemble de bâtiments s'organisant autour d'un patio ouvert – comme pour une visite guidée nocturne et insolite. Notre Jaunt s'est immobilisé dans un dernier soubresaut, criblé d'impacts de balles : les coups de feu des hommes dans First Street avaient atteint certaines vitres, si bien que nous arrivions la tête couverte de strass scintillant.

Nous étions presque tous voisins, nous avions presque tous la peau brune ou noire, et nous étions seize en tout. Le plus jeune d'entre nous avait à peine trois mois. À soixante-dix-huit ans, MaViolet était notre doyenne. Elle perdait un peu l'équilibre sur son siège, écartant les bras pour éviter de glisser. Knox l'a aidée à se mettre debout, ses lunettes constellées de minuscules taches de sang, mais ce n'était pas le sien.

Nous sommes venus avec tout ce que nous avions pu attraper ou garder sur nous dans notre fuite. La famille Yahya, deux enfants et un bébé, avec des mètres de tissu pagne aux couleurs vives, tout enchevêtrés entre les bras de leur père. Ms Edith, avec sa soixantaine bien tassée, mais alerte comme une chouette dans son survêtement brun duveteux. Ira et Carol, le couple blanc qui habitait la maison blanche sur le trottoir d'en face, avec deux poules blanches comme neige, gloussant et se hérissant les plumes comme pour se dégager de leur poigne. KJ, venu seul et plutôt fluet pour ses dix ans, avec une valisette de grosse toile vert pois, ternie et déchirée sur un côté. Notre voisine – dont chacun savait qu'elle faisait commerce de sa personne – avec ce corps glorieux qu'elle avait, et ses cheveux couleur de rouille, et sa peau presque blanche, et les joues rehaussées de rose et d'or.

Parmi bien d'autres choses, Devin apportait avec lui une intense dose de colère. Son cousin Elijah, bâti comme un colosse, portait un lourd sac à dos rempli d'armes de poing et de chargeurs. Son jumeau, Ezra, le plus petit des deux, avait sur lui un pistolet, et une odeur de joint dans les cheveux. Les armes leur venaient de leur père – l'oncle de Devin – un policier décoré du fin fond du comté.

Nous sommes tous descendus d'un pas circonspect, bravant ce terrain nouveau.

Nous sommes venus avec neuf canifs, cinq jeux de clés, et sept téléphones portables devenus inutiles, lestant nos poches comme des cailloux. Knox portait la sacoche à bandoulière qu'il avait sur lui quand il était arrivé du campus quelques jours plus tôt; elle contenait une brosse à dents, un petit carnet à carreaux, l'exemplaire du *Chant de Salomon* de Toni Morrison que je lui avais prêté il y a peu. MaViolet portait ses propres mains tremblantes, et moi à ses côtés je ne portais rien d'autre que les habits dans lesquels j'étais partie : un jean raccourci en short et un tee-shirt bleu marine arborant l'emblème de notre université en coloris orange. Quelques mois auparavant, j'y avais découpé une généreuse échancrure pour élargir le col qui me serrait trop, mais là je passais mon temps à le remonter sur mon épaule.

Trois gardiens ont quitté la billetterie pour venir à notre rencontre, traversant d'un même pas précipité la pénombre qui s'épaississait. Trois hommes mal rasés, la soixantaine avancée, en pantalon kaki et polo rouge groseille, l'uniforme que j'avais moi-même porté l'été précédent. De près, ils ne ressemblaient pas vraiment à des gardiens – plutôt à des chauffeurs, ou peut-être des guides, qu'on aurait suppliés ou contraints de rester pour défendre l'illustre demeure. Ils avaient quand même l'air épuisés – et leurs bas de pantalon étaient ourlés de boue. Les fusils de chasse qu'ils levaient vers nous m'ont tout à coup paru des antiquités, comme des pièces qu'ils auraient décrochées des murs d'une salle d'exposition, et tout aussi susceptibles de faire feu que de s'enrayer ou d'exploser. Un gardien blanc, deux autres noirs ; le blanc a fait un pas de plus dans notre direction. *Passez votre chemin.* Il a dit ça, mais nous avions déjà mis pied à terre, et pour arriver là nous avions vidé le fond du réservoir.

Un peu à l'écart du groupe, Devin se tenait le menton levé, les dreads en cascade sur les épaules. Il n'a pas fait mine de porter la main à son arme, même si on la voyait reluire à sa ceinture. Avant, Devin c'était ce garçon sage, rien que des bonnes notes à l'école jusqu'à la dernière année de lycée, et c'est là qu'ils l'avaient expulsé sous prétexte d'une bagarre. Elijah et Ezra étaient juste derrière lui, et le pistolet d'Ezra ne menaçait que l'asphalte à ses pieds. Je ne crois pas que ce soit parce que nous avions des armes que les gardiens nous ont laissés rester. L'un des gardiens noirs – celui à la coupe afro devenue forêt vierge, comme un Frederick Douglass des temps modernes – ne me quittait pas des yeux.

Il a dit, *Je te connais.*

Je le reconnaissais aussi, de l'été dernier, alors que le monde était en pleine hémorragie interne mais n'avait pas encore explosé – pas pour moi, en tout cas. Le record du nombre de feux de forêt avait été atteint cet été-là, mais ils étaient loin, sur la côte, à l'autre bout du pays. Il y avait bien eu des vagues de canicule et des pannes de courant à travers tout l'État du Midwest, et des chutes de gouvernements en série. Des élections nationales s'étaient tenues dans un climat de manifestations gigantesques – avec des blessés et des morts par centaines ou milliers, d'après les médias. Malgré tout, l'été d'avant et jusqu'à il y a peu, on avait encore de l'électricité. Les touristes venaient encore dans cette partie de la Virginie. Je m'étais trouvé sur le domaine ce petit boulot payé à l'heure, avec un uniforme kaki et groseille identique à celui de ces trois gardiens. Mon stage avait surtout consisté à « faire la sécurité », vérifier les sacs à main avec une petite baguette en plastique et de temps en temps conduire la navette jusqu'à la grande demeure.

Pendant mon entretien je n'avais rien dit du fait que j'étais apparentée à l'illustre homme blanc de cette demeure, notre troisième président des États-Unis d'Amérique, auteur de la Déclaration d'indépendance. Je n'avais pas joué cette carte-là alors même que, peu avant, quelqu'un avait contacté MaViolet pour lui annoncer officiellement qu'elle était une descendante authentifiée. Ils avaient envoyé jusque chez elle, en ville, une voiture pour qu'elle puisse se rendre à un grand rassemblement dans la maison, avec d'autres descendants noirs de Thomas Jefferson ou de personnes dont il avait été le propriétaire.

Dire qu'ils me réclament là-haut, maintenant ! avait dit MaViolet.

Je dois préciser que notre famille n'a jamais eu besoin de ce coup de fil des gens de Monticello pour savoir que nous descendions de Thomas Jefferson. L'histoire de notre lien de parenté avec cet homme et ces lieux s'était depuis longtemps imbriquée dans le récit fondateur de la famille Love. Cette histoire, MaViolet l'avait racontée à Momma quand elle était petite et, à son tour Momma me l'avait racontée, comme on transmet un conte édifiant. *Le corps se souvient.* Elle me disait toujours ça.

Quand j'étais petite, Momma m'a raconté sa première visite à Monticello. Toute sa classe et les autres avaient été embarquées en car scolaire jusqu'au sommet du mont pour s'émerveiller devant les machines de Jefferson et admirer ce domaine extraordinaire. Alors que son groupe attendait son tour de visite, ma petite Momma de huit ans avait soudain compris que c'était *cet homme-là* dont sa mère lui avait tant parlé. *Mais si, on est de la même famille que ce vieux président blanc, pour de vrai !* avait dit avec insistance Momma, même après que son institutrice s'était penchée sur elle pour lui dire qu'elle ferait mieux d'arrêter de « raconter des histoires ». *Scandaleux*, avait-elle dit. Et comme Momma continuait d'insister, cette même institutrice l'avait obligée à rester toute seule au bord du chemin pendant que les autres s'en allaient joyeusement vers le grand perron pour commencer leur visite. *Garde ça au fond de toi comme une chose qui t'appartient*, m'avait dit Momma des années après, ce que j'ai interprété ainsi : Laisse, de toute façon ils ne te croiront pas. C'est seulement pour faire plaisir à MaViolet, comme par devoir, par déférence, que Momma m'avait donné mon deuxième nom.

Cette visite scolaire avait eu lieu bien avant que les administrateurs de Monticello ne commencent à reconnaître publiquement, et attester, la véritable nature de la relation entre Thomas Jefferson et Sally Hemings : le fait que Hemings n'était pas seulement sa jeune esclave mais aussi sa « baby mama », sa compagne officieuse, sa non-épouse plus foncée de peau mais pas tant que ça. *Garde ça au fond de toi comme une chose qui t'appartient*, m'avait encore dit Momma, de sa voix râpeuse et mentholée, juste avant de mourir. Ce que j'ai interprété ainsi : Nous n'avons d'autre choix que de porter le fardeau de cette vieille histoire. J'imagine que c'est à cause de cela que Momma détournait toujours la tête quand elle entendait quelqu'un parler de Thomas Jefferson ou de son extraordinaire demeure ancestrale. Et elle faisait la grimace comme si toute louange à cet homme était un coup porté contre elle. Et donc, bien des années après, pendant mon entretien pour ce job d'été à Monticello, j'ai tenu ma langue. Même si, déjà, on y lançait le « tour Hemings », où les visiteurs payaient encore plus pour avoir le droit d'accéder à la maison par « l'entrée des esclaves ». J'ai tenu ma langue et j'ai souri, je leur ai dit que j'étais née dans le coin et que j'y avais grandi. Je leur ai dit que j'avais été admise par transfert à la prestigieuse université Thomas-Jefferson, après un premier cycle au centre universitaire. Je leur ai montré ce qu'ils voulaient voir : la fille du coin pas blanche qui n'avait pas si mal tourné.

Le gardien à l'afro en champignon a baissé son arme.

Quand nos regards se sont croisés, son nom m'est revenu. J'ai dit, *Mister Byrd.*

Et lui, *Je savais bien que je te connaissais.*

Mr Byrd a annoncé aux autres que j'avais travaillé sur le domaine. *Love, c'est bien ça ? Da'Naisha Love.*

Quand il a dit mon nom, cette nuit-là, *dans ces lieux*, j'ai entendu l'omission du nom du milieu – mais je n'ai rien fait pour la combler.

J'ai dit, *Juste Naïsha.*

Je ressentais la présence des corps vacillant derrière moi, et celle de la maison là-haut, un kilomètre un peu plus loin dans la montée. MaViolet a initié un mouvement mais ses jambes se dérobaient. Knox et moi l'avons aidée à marcher jusqu'au banc le plus proche. Notre avancée chancelante a ouvert une brèche dans la vague ligne de défense des gardiens, et nos voisins nous ont emboîté le pas. Assise sur son banc, MaViolet regardait le ciel, et tout autour d'elle.

III

Nous étions secoués, épuisés. J'ai vu que Devin avait été blessé : des éclats de verre lui hérissaient l'avant-bras, comme une plaque osseuse sur la colonne vertébrale d'un fossile de créature disparue. Assise derrière MaViolet, je lui jetais des coups d'œil furtifs pendant qu'il s'employait à retirer un à un les petits morceaux. Je n'avais pas avalé grand-chose de la journée, la faim me faisait mal dans tout le corps et j'avais envie de vomir. Mes pensées revenaient sans cesse à notre rue, nos maisons, toutes ces pièces dans lesquelles j'avais mangé et dormi et ri et pleuré. La table de cuisine de MaViolet, toujours poussée contre le mur, avec sa toile cirée à fleurs jaunes. Je m'asseyais là pour faire mes devoirs ou quand Momma me passait le fer à lisser dans les cheveux, après l'avoir mis à chauffer sur les spirales rouge ardent du fourneau. J'étais douillette du crâne, soi-disant. Je me souviens en effet m'être bien souvent tortillée sur ma chaise, pendant que la fumée montait de mes cheveux. Ensuite, j'allais me pavaner devant la maison, un nœud géant sur la tête.

Je me suis penchée vers Grandma. *MaVi, tout va bien ?*

Elle a dit, *Ma petite fille. Mais qu'est-ce qu'on vient faire ici ?*

Dans un coin de la salle, Ira et Carol – dont la maison toute blanche n'était pas dans First Street à proprement parler mais en face, au coin d'une rue qui coupait la nôtre – se pressaient autour des gardiens comme pour leur signaler une urgence. *Ils étaient juste devant chez moi !* disait Ira, et sa chevelure cendrée semblait se hérisser. Aux pieds de Carol, les deux poules blanches tournaient en rond en faisant des bruits d'eau qui coule. *Ils avaient des torches enflammées, je vous dis*, continuait Ira. *Et des putains de mitrailleuses ! C'est vrai*, a lancé Knox derrière moi, marchant de long en large, en pantalon et chemise légère, le torse encerclé de pâles rayures. *Ils sont passés dans la rue de ma copine. J'ai vu peut-être deux douzaines de véhicules, avant d'arrêter de compter.*

Insensé ! a dit Ira.

Knox a sorti une gourde de sa sacoche, a bu une longue gorgée d'eau, et me l'a tendue. J'avais tellement envie de vomir, à ce moment-là, que je l'ai tout de suite passée à MaViolet. Elle l'aimait bien, Knox. Elle avait préparé tout un repas pour lui quand je l'avais invité à la maison vers la fin de l'hiver : un rôti et des patates autour, et à côté de ça des haricots de Lima qu'elle avait laissés mijoter sur le feu. Il avait raclé son assiette et en avait redemandé, alors qu'il devait déjà être bien rassasié. Il avait l'air de m'aimer beaucoup, m'avait dit ensuite MaViolet, et elle voulait que j'aie quelqu'un comme lui sur qui compter quand elle ne serait plus là. Mais lorsque je l'ai vue prendre de mes mains la gourde de Knox – en plastique bleu épais tout éraflé – et boire au goulot après lui sans même hésiter, j'ai senti tout à coup combien le sol vacillait sous nos pieds, encore.

Derrière l'espace billetterie, il y avait un musée, un petit auditorium, un café, une boutique de souvenirs. Et d'autres salles à l'étage inférieur – une aire de jeux pour les enfants, une salle de conférences – dans lesquelles nous ne nous sommes pas aventurés dès ce premier soir. Le café avait été dévalisé mais les tables de la boutique étaient impeccables, avec des livres disposés en pyramide et tout un tas de babioles super sophistiquées. Nous nous penchions contre les vitres, les mains en télescope pour scruter tout au fond de ces espaces sombres et préservés. Nous nous baladions sur l'esplanade, nous affalions sur les bancs et laissions nos regards se perdre au cœur des massifs d'arbustes.

L'autre gardien noir – Georgie – n'arrêtait pas de répéter la même phrase à Mr Byrd, en lui tapotant l'épaule. En fait, Georgie avait seulement la cinquantaine, le teint assez clair et une petite bedaine tombante sous laquelle il repliait soigneusement le bas de son polo rouge groseille. *Mais ces gens ne sont pas censés rester ici*, répétait Georgie.

Pourtant, Mr Byrd et le gardien blanc, Mr Odem, nous ont apporté de l'eau, ainsi que des boissons pétillantes, tièdes, à base d'extraits végétaux naturels, et des sodas à l'orange pour les enfants ; fusils toujours à l'épaule, avec leurs bandoulières rafistolées au ruban adhésif. Ils nous ont apporté aussi des paquets de chips, une marque de riches que je ne connaissais pas. Ils distribuaient tout cela d'un geste machinal, comme s'il s'agissait d'une vieille habitude dont ils espéraient se débarrasser vite. J'ai laissé une chips se dissoudre lentement sur ma langue, tandis que les épices me piquaient la gorge. Mr Byrd a ouvert nos bouteilles avec un décapsuleur accroché à tout un kit qu'il avait à la ceinture, puis il a donné à Devin une pommade pour son bras.

Personne, pas même Elijah ou Ezra, n'a parlé de s'avaler le petit kilomètre de montée qu'il restait à faire jusqu'à la grande maison – pas ce premier soir. Les Yahya ont installé près de l'entrée du musée un petit nid douillet pour leurs enfants muets de stupeur, une fille et un garçon, de six et sept ans : Imani portait une simple robe de coton, et son frère Jobari une chemise à tout petits motifs rappelant celle de son père. Ira et Carol ont lâché leurs poules dans les massifs de l'esplanade, sous la vague surveillance de Carol – sandales claquantes – guettant leurs roucoulements étranges sous les basses branches. Plus tard, assis côte à côte, ils ont englouti une bouteille de vin rouge qu'Ira a extraite de sa serviette en cuir. Carol poussait des sanglots suraigus.

Devin, qui ce soir-là était habillé tout en noir à l'exception de ses boots couleur terre, avait trouvé un balai et sorti les débris de verre par l'arrière du bus, avant de les pousser au pied d'un arbuste. J'ai vu Knox se diriger vers la billetterie – si j'avais su où il avait l'intention d'aller je l'aurais rattrapé par un pan de sa chemise, je lui aurais dit quelque chose pour l'en empêcher. Au lieu de ça, je l'ai regardé sans rien faire s'avancer vers Devin, juste là devant la navette, pour lui proposer son aide. Devin lui a fait signe de ne pas s'approcher, sans vraiment lever les yeux de son balai.

Tu saignes, laisse-moi faire, disait Knox.

Devin a pris le temps de caler le balai contre la navette avant de toiser Knox de la tête aux pieds.

Tu es qui même ?, a dit Devin, alors qu'à ce stade il avait forcément compris qui Knox était pour moi. *Pourquoi tu es là, d'ailleurs ?* Il a ajouté ça. Mais Knox a quand même avancé sa main comme pour attraper le balai. Un frisson a parcouru le corps de Devin ; sa bouche s'est ouverte, laissant entrevoir ses couronnes en or que je n'avais aperçues qu'une seule fois jusqu'alors, le jour où je l'avais fait rire par surprise. Knox a ouvert la bouche aussi, pour lui répondre, mais Devin s'est redressé d'un coup, comme s'il s'apprêtait à le frapper. J'avais envie de dire, *Ne fais pas ça.* J'avais envie d'intervenir, de crier quelque chose pour les protéger. Mais avant que j'aie pu dire quoi que ce soit, Devin a donné un coup de poing dans le Jaunt, si fort qu'on l'a entendu se réverbérer dans toute la carrosserie. Knox a reculé, les mains légèrement levées en direction de Devin qui, extirpant un Zippo du fond de sa poche, s'est allumé une cigarette. Puis il s'est remis à balayer, et le verre contre le pavé continuait de se fracasser.

En fait, Devin et moi on était sortis ensemble, l'été avant que le lycée ne commence, à l'époque où j'étais du genre, *Go Black Knights !* C'était quelques mois après la mort de Momma, qui avait laissé en moi un trou immense comme l'excavation d'un site sacré. On était encore des gamins, treize et quatorze ans, et quelquefois Devin m'accompagnait à pied jusque chez Brown's, la supérette du coin, pour acheter des wings et des potatoes sous la lueur jaune des lampes chauffantes. Il ouvrait la boîte en carton rouge et blanc qu'on posait au milieu, bonne bouffée de vapeur alléchante, et tout était bien frit et salé et luisant de graisse. Un premier amour d'adolescence, voilà tout, mais on jouait aux grands. On n'a fait l'amour qu'une seule fois, dans sa chambre au sous-sol, à la toute fin de l'été. J'habitais chez MaViolet, et Devin chez Ezra et Elijah avec leur père. Le sexe, alors qu'on était si jeunes, a signé la fin de notre histoire. Plus tard, j'ai compris à quel point j'étais loin d'être prête. Et encore plus tard, il m'a avoué qu'il ne l'était pas non plus.

J'ai rencontré Knox l'automne passé pendant mon premier semestre à l'université de Virginie. Il était – je l'ai appris par la suite – un étudiant de cinquième année aussi brillant que populaire, mais je ne le savais pas quand on s'est rencontrés. Je savais juste qu'il était le seul garçon blanc à s'être joint à notre tout premier meeting «Étudiants pour l'Équité». Je m'étais portée volontaire à l'accueil, et donc il était venu à ma table pour récupérer le badge à son nom. Il a dit, *Je m'appelle Knox*, en se penchant tout près de moi pour que j'entende, et il m'a demandé mon nom à son tour, puis il l'a répété très lentement. Lui en école d'ingénieurs et moi en sciences de l'éducation, ça laissait peu de chances de se recroiser, sauf que j'avais toujours eu du mal avec les chiffres, et avec les probabilités. Quand je suis allée au bureau des étudiants pour faire une demande de tutorat, il était là, avec ses yeux clairs un peu perdus derrière le verre cerclé de métal de ses lunettes. J'ai été attirée par les angles vifs de son visage, cette netteté. On m'avait déjà dit au lycée, «Tu es belle, pour une fille noire», mais dans l'expression de son visage, je ne voyais pas ça du tout. Pendant les séances de tutorat qui ont suivi, on s'asseyait chacun sur sa couverture dans l'herbe du Lawn, loin de l'ombre de la rotonde. Quelquefois Knox me regardait comme si mon visage lui était aussi familier que l'eau. Un jour, il avait apporté une photo pour me la montrer : sa famille, là-bas dans l'État de Washington, posant devant un lac de montagne à l'eau bleu-vert miroitante, comme une pierre précieuse. Sur la photo, son père avait l'air austère, en gilet de chasse et pantalon de flanelle. La mère se tenait un pas derrière Knox, élégante et blonde, les yeux de la même non-couleur que ceux de son fils. Ses jeunes frères étaient collés ensemble, torses nus maculés de boue, petits bras maigres entrelacés. *Je ne suis pas rentré chez moi depuis un moment*, m'a-t-il glissé pendant que j'examinais la photo. Il a ramassé une feuille rouge sur la rivière d'herbe séparant nos couvertures. Puis il a dit mon nom, comme une question. Une question que je comprenais. Une question que je me posais déjà.

Un peu plus tard, après qu'on s'était embrassés, dans l'air refroidi qui couvrait de givre nos paroles, Knox et moi avons pris un selfie tout ce qu'il y a de plus fleur bleue, là sur le Lawn, étroitement penchés l'un vers l'autre. Je me sentais toute petite, nichée comme ça au creux de son bras. Il sentait le savon de Castille et le feu de bois, car le temps s'était enfin rafraîchi suffisamment pour qu'il puisse faire une flambée dans sa chambre. Je me souviens avoir perçu l'adoration avec laquelle il regardait le haut de ma tête, mes cheveux rassemblés sur la nuque en un chignon serré qu'il allait bientôt dénouer, cette nuit-là, de ses doigts tremblants et révérencieux. Et pendant qu'on posait ensemble pour ce selfie, je me disais qu'il n'y avait rien de si étrange que cela entre nous, entre deux personnes, quelles qu'elles soient. Mais quand on a regardé l'image ensuite, on a dû faire comme si elle n'était pas ratée, avec ce flash qui ne parvenait pas à nous saisir tous les deux – gommant les traits fins de son visage et laissant les miens calcinés comme du charbon.

Ce que je veux dire, c'est que j'aime Knox – je suis *amoureuse* de lui. Malgré ce qui s'est passé au tout début du démantèlement. C'était aux vacances de Pâques, avant que les avions ne tombent, et il avait pris un vol pour rentrer chez lui pendant que je retournais chez moi. J'avais retrouvé ma chambre chez MaViolet, et je prévoyais de l'accompagner en bus à l'une de ses consultations médicales. Son pneumologue exerçait au centre hospitalier universitaire, et ils n'arrêtaient pas de reporter la date de son rendez-vous ; tout commençait déjà à se déliter, même si on était encore loin d'imaginer jusqu'où cela irait. Lorsque nous sommes arrivées, ils nous ont parlé d'un changement dans le protocole de suivi : après cette visite, à moins que nous ayons les moyens de payer l'intégralité des honoraires, il faudrait que nous trouvions une solution ailleurs. Après la consultation, une infirmière a rempli un sac en plastique d'inhalateurs d'urgence et me l'a remis.

Ce soir-là, de retour dans First Street, c'est sûr que je n'avais pas le moral. Par la fenêtre du séjour, j'ai aperçu Devin. Ça faisait si longtemps et tellement *du bien* de le voir. Je suis sortie en douce, laissant les gonds de la porte-moustiquaire gémir doucement derrière moi. Je savais qu'il avait traversé une mauvaise passe depuis la dernière fois qu'on s'était vus, mais là, tandis que nous marchions ensemble – passant devant les terrains de basket aux cerceaux sans filet, devant les plates-bandes embroussaillées du jardin communautaire –, nous n'avons fait que parler de ce bon vieux temps où nous étions simplement deux petits gamins du même coin de rue. En parlant avec lui cette nuit-là, les douleurs du passé m'ont semblé presque douces, pour la simple raison que nous les partagions. Devin s'est allumé une cigarette, et l'odeur m'a rappelé Momma. Nous avons continué à marcher comme ça, jusque chez son oncle, jusqu'à sa chambre, nous remémorant tout dans le moindre détail.

Que puis-je dire d'autre que, *Le corps se souvient.* Momma me demandait toujours de faire attention, comme si mon corps de fille était une bombe à retardement. Et je faisais attention – j'avais toujours fait attention – mais à ce moment-là et jusque dans les débuts du démantèlement, avec tous ces bureaux fermés et ces rayons vides dans les magasins, j'avais oublié de faire attention, même avec Knox. Les vacances de Pâques se sont achevées et j'ai retrouvé Knox, parce qu'on s'était fait cette promesse tous les deux, *Tu es à moi et je suis à toi.* Je suis retournée sur le campus, à cette vie d'étudiante pour laquelle je m'étais battue, parce que c'était ce que je voulais. Même si ces capsules de temps lentement rembobiné avec Devin m'avaient bouleversée, comme quand on relit un passage dans un livre qu'on avait oublié, et qu'on y trouve – dans ces mots que l'on reconnaît – une révélation. J'y suis retournée, me disant que ce qui était arrivé avec Devin était un faux pas, ou un pas de côté, un épisode à oublier. Puis sont venues ces tempêtes monumentales, tout ce vent et toute cette eau, et ce n'est qu'ensuite que j'ai compris.

Devin sait pour Knox, mais Knox ne sait pas pour Devin, hormis notre amourette de collégiens, qui est de l'histoire ancienne. Personne au monde ne sait que je suis enceinte, sauf peut-être MaViolet, qui lit en moi plus clairement sans doute que je ne saurai jamais le faire.

Laissant Devin déblayer le verre, Knox a tourné les talons pour revenir vers moi. Il était secoué, clairement. Par la colère de Devin, et par ce qui était arrivé dans First Street ce jour-là et au cours des jours qui nous y avaient conduits. MaViolet était là, avec moi, mais toute la famille de Knox vivait à l'autre bout du pays – il ne pouvait même pas les appeler pour s'assurer qu'il ne leur était rien arrivé de grave. Quand il était rentré chez lui pour les vacances de Pâques, son père ne lui avait pas adressé un seul regard. Sa mère avait cuit le pain et dressé la table, mais elle ne lui avait parlé qu'avec parcimonie, de choses insignifiantes. Même ses petits frères étaient restés les bras croisés tout du long, comme si on leur avait interdit tout contact avec lui. Déjà, au lycée, Knox avait commencé de se brouiller avec son père, après que ce dernier, l'âge venant, avait vécu une sorte d'épiphanie, ou de crise, abandonnant son emploi de gestionnaire de réseaux à Seattle pour déménager toute la famille beaucoup plus au nord, sur un lopin de terre rude et rocailleuse qu'il s'était mis en tête de cultiver. La cause de la brouille, m'avait expliqué Knox, était qu'il avait osé contester les idées nouvelles que son paternel avait à propos de ce que le monde était, ou devait être. Que Knox avait voulu partir coûte que coûte étudier dans une université prestigieuse de la côte Est. Et que, juste avant les vacances de Noël, il avait annoncé à ses parents qu'il était amoureux. Il leur avait envoyé une photo de moi, celle de son téléphone, écrasée d'ombre et de lumière.

J'étais sur pied avant que Knox me rejoigne. Il s'est incliné pour appuyer son front contre le mien. Il a dit, *Da'Naisha.*

J'ai compris alors que Knox était en train de me demander pardon pour tout ça. Pour ce monde en faillite dont nous avions hérité tous les deux, mais un monde dont on lui avait appris, à lui bien entendu, qu'il était le maître et possesseur. Pour ces hommes à la peau comme la sienne, qui terrorisaient les gens à la peau comme la mienne. J'ai baissé les yeux vers mes baskets, vers la mosaïque de tomettes à nos pieds.

Toute ma vie, je crois, j'ai connu cette recrudescence de haine et de violence envers celles et ceux qui me ressemblent. Des vagues d'hommes qui déferlaient dans notre ville, venant de tout l'État, de tout le pays. Petites filles, nous avions toutes entendu parler de cette jeune femme blanche tuée par un homme blanc après qu'il avait foncé toute rage dehors au volant de sa voiture dans une foule de manifestants qui brandissaient des banderoles en faveur de nos droits. Même si Momma m'avait demandé de ne pas le faire, j'ai regardé en secret cette vidéo, pour voir de mes yeux. La voiture noire qui fonce dans la foule en crissant des pneus, envoyant valdinguer une flopée de corps brisés. J'ai regardé une deuxième fois, incrédule, comme si examiner minutieusement ces images pouvait défaire le mal. Quelques semaines après, à l'arrêt de bus avec Momma, j'ai entendu deux dames blanches en discuter. La dame avec le foulard imperméable noué au menton affirmait que cette fille morte n'avait pas, en fait, été tuée par une voiture. La photo diffusée par les médias était ancienne, disait-elle, et cette fille avait beaucoup grossi depuis la photo. L'autre dame, qui était elle-même bien en chair, avec un visage de pâte à pain, hochait la tête. Ce qu'elle avait entendu dire, elle, c'est que cette grosse fille morte avait succombé à une crise cardiaque au milieu de la manifestation, juste là, sur cette route pas loin de l'endroit où nous étions assises. J'ai touché la peau fatiguée du bras de Momma, la suppliant silencieusement de tirer les choses au clair avec ces dames. Mais Momma a continué de guetter dans Main Street un bus qui n'arrivait pas. Je me suis dit que le corps abondant de cette fille massacrée était une bombe à retardement. Je me suis dit que des jeunes femmes pouvaient mourir d'en vouloir trop.

Toutes les années qui ont suivi, les hommes sont revenus, encore et encore.

Je grandissais, et chaque fois que venaient ces hommes MaViolet disait, *Ne baisse pas la tête*, comme pour dire, Fais attention. Mes amies étouffaient un gémissement ou rallumaient leurs portables, et ça me rappelait Momma. Les habitants de First Street faisaient rentrer en toute hâte leurs enfants à l'abri avant que la nuit vienne, et sur la véranda dans leurs fauteuils de jardin en plastique, ils fredonnaient à voix basse toutes les versions connues de *Here we go again.*

J'ai réussi à entrer à l'université de Virginie, et les hommes ne cessaient de déferler, répandant leur rage flambante et nouvelle. Les crues se sont multipliées le long des côtes, et c'était comme si la fureur de ces hommes prenait pour cible quelque chose en moi, quelque chose d'involontaire et d'inéluctable et d'absolument mien. Il n'était pas rare d'apercevoir leur cortège rutilant sur la voie longeant le campus – 4×4 noirs recouverts de drapeaux, roulant au pas – mais chaque fois j'en sursautais. Un jour, en revenant du distributeur où j'avais vérifié le solde de mon compte, j'ai vu le trottoir jonché de petits sacs en plastique transparent. Mon relevé bancaire dans une main, de l'autre j'ai ramassé un sac, lesté de cailloux, et j'en ai sorti un tract. Ça disait, EXPULSEZ-LES CAR ELLES NE PEUVENT PAS FAIRE DE BÉBÉS BLANCS, avec le dessin d'une femme noire enceinte, tout en ventre, en fesses, gros nichons et bouche lippue.

VOUS ÊTES DIGNES, ça disait aussi, au verso.

VOUS ÊTES NOBLES !

VOUS ÊTES MENACÉS !

VOUS NE DEVEZ PAS CAPITULER !

SOYEZ FIERS DE VOTRE HÉRITAGE !

Avec le dessin d'une femme blanche se drapant dans la bannière étoilée. Les gens regardaient les tracts et disaient, *C'est rien.* D'autres disaient, *N'y prêtez pas attention et ils finiront par s'en aller.* Et d'autres encore, *Allez vous faire foutre si vous vous sentez assez en sécurité pour ne pas y prêter attention. N'y prêtez pas attention et ça ne fera qu'empirer.* J'ai plié et replié le tract, je l'ai enfoncé au plus profond de ma poche.

La nuit où nous sommes arrivés au pavillon d'accueil, Ms Edith s'est juchée sur un tabouret dans le café, faisant courir ses doigts noueux sur les lignes de quelques versets des Écritures. LaToya s'est défaite de ses claquettes en caoutchouc mousseux, dévoilant des ongles au vernis gris platine écaillé, nacrés comme de petits coquillages. KJ rôdait furtivement près du Jaunt, traînant sa valise ; une petite cicatrice arquée sur son front, comme un troisième sourcil, donnait à son visage juvénile un air d'étonnement quasi permanent. Plus tard, j'ai su qu'il avait pris l'habitude de dormir dans le Jaunt abandonné, là-bas dans First Street. Sa mère était incarcérée ; il avait fugué de sa famille d'accueil.

Devin, Ezra et Elijah ont pris des sièges dans le café pour les installer dehors, et ils se sont assis là pour surveiller d'en haut la voie d'accès au site, organisant ainsi leur propre vigie armée, distincte de la patrouille des vieux gardiens. Seul Georgie, de sa voix de fausset, a protesté. Il n'y a personne d'autre ici, arguait-il. Et puis comment pouvions-nous prétendre monter la garde alors que nous étions nous-mêmes des intrus ? Mais cela n'a pas arrêté Devin et les jumeaux, à qui j'aurais bien voulu pouvoir exprimer mes propres interrogations. N'étions-nous donc pas suffisamment en sécurité dans ce refuge loin de tout ? Je m'étais imaginé que nous allions pouvoir rentrer chez nous la nuit même, mais voyant tout le monde s'affaler sur les bancs, j'ai dû me rendre à l'évidence. J'ai demandé à Knox de m'aider à installer un coin plus confortable pour MaViolet. Nous avons trouvé un endroit abrité du côté couvert du patio, et nous l'avons installée là dans un fauteuil en bois rembourré de vêtements, relevant ses pieds protégés par de simples chaussettes sur l'assise d'un autre fauteuil calé devant elle. Puis nous nous sommes allongés à notre tour, pas loin mais à l'air libre, sur l'herbe rabougrie par l'ombre. Nous reposions à même le sol. Nos têtes sur la sacoche de Knox. C'était encore le printemps mais cette nuit-là, comme celles d'avant, l'air donnait l'impression d'être fiévreux. Nous espérions, sous le couvert de cette petite clairière, réussir à attraper un souffle de brise.

Je me suis entendue dire, *On fait quoi maintenant.*

Knox entrelaçait ses longs doigts avec les miens. *Je peux faire quelque chose pour toi ?*

Je me suis tournée sur le côté, mon dos contre lui, regardant la pente où de plus petits arbustes poussaient blottis les uns contre les autres. La lune était pleine, le sol nacré de son éclat. Nos mains toujours jointes, je me blotissais dans le creux de ses bras, essayant de combler tout le vide entre nos corps. J'ai repensé à la bougie qui se consumait dans sa flaque de cire à la fenêtre de la salle de bain de chez MaViolet. La nuit d'avant, sous la lueur vacillante de sa flamme, j'avais cherché des traces de sang. La boucle de la sacoche de Knox s'enfonçait dans ma joue.

J'ai pensé, Tu peux faire que je ne sois pas enceinte.

J'ai dit, *Pour l'instant ça va.*

De ma main libre j'ai caressé mon ventre, qui était plat, mais pour combien de temps encore ? Comprenez bien : être enceinte, je n'étais pas prête. Et je n'étais pas sûre de l'être jamais un jour. Même avant le démantèlement, le monde étant ce qu'il était, je m'étais fixé des ambitions bien précises : obtenir mon diplôme, m'inscrire en doctorat peut-être. Je voulais devenir enseignante, agir pour les autres, comme tant de gens l'avaient fait pour moi.

Knox a dit, *Tu es sûre ?*

J'ai pensé, Tu peux faire que ce bébé soit de toi, au moins ?

Je ne savais pas si c'était Devin ou Knox, le père. Je me suis serrée contre lui, la tête calée sous son menton j'ai levé les yeux, je lui ai offert ma bouche, et toute la cavité de mon cœur lancinait. Knox a embrassé mes cils, l'arête de mon nez. Il a fait remonter nos mains toujours jointes le long de nos corps, caressant de son pouce mes côtes, ma poitrine, jusqu'à ce que s'échappe de mes lèvres le son de mon désir de lui, dans l'inquiétude qui m'étreignait. Il m'a embrassée lentement, avec application. Dans cette chaleur il a fait de son grand corps un cocon enveloppant. Et nous sommes restés comme ça, changeant de position en tandem, tâchant d'épargner à nos hanches, à nos épaules, l'implacable dureté du sol.

Quand j'ai senti Knox glisser entre les eaux du sommeil, je me suis désemmêlée de lui pour m'étendre sur le dos. J'éprouvais sous moi le sol insondable et irrégulier. La lune brillait très haut dans le pan de ciel dénudé au-dessus de nous. J'entendais les ronflements légers de MaViolet me parvenant au milieu du bruissement stridulant des insectes.

La fatigue me brûlait les yeux, mais quand je les laissais se clore, la seule chose qui m'apparaissait était cette vue étriquée sur la rue depuis chez MaViolet : des hommes armés se précipitant vers notre maison, leurs visages éclaboussés de feu, reluisant de flammes pétrolées. Ce garçon pâle derrière la vitre du pick-up, tout en cheveux et en dents. Dans ma tête, il avait un grand sourire carnassier, une crinière blond cendré se déployant dans le prolongement de sa peau, les yeux exorbités d'extase ou de terreur. D'un seul coup, j'ai rouvert les miens. Dans son sommeil, Knox avait jeté son bras sur moi. Il a marmonné quelque chose qui ressemblait à mon prénom. Puis j'ai vraiment entendu la voix de MaViolet m'appeler.

Elle a dit, *Ma petite-fille.*

J'ai essayé de lui répondre. Je luttais contre la gravité pour me secouer, mettre mon corps debout, mais sans succès. C'était comme si cette petite parcelle de terre essayait de m'absorber, comme si j'étais restée étendue sur ce carré d'herbe pendant plus d'un siècle. Je jure que je sentais des racines m'agripper, des roches fendre le creux entre mes omoplates.

Nay-Nay, a dit MaViolet.

J'ai rassemblé toute ma volonté pour me lever, et je suis allée la voir, toujours bien calée dans ses deux fauteuils. Dans mon empressement à la faire boire, j'ai penché trop vite la gourde. L'eau a dégouliné de sa bouche, perlant sur les smocks ouatinés de son peignoir. Toutes les deux, nous avons tant bien que mal chassé les gouttes avant qu'elles ne s'instillent dans le tissu.

MaViolet a demandé, *Tu crois qu'ils ont pris la nôtre ?*

Quand elle a dit ça, j'ai presque cru voir surgir son salon, et cette très haute étagère remplie de tout ce qu'elle avait collectionné au cours de sa vie : les photos constellées de poussière de son défunt mari, Papa Alred, en bretelles et petit chapeau porkpie; les têtes africaines en bois d'ébène, orphelines de Momma, posant à côté des figurines de porcelaine brillantes de MaViolet – tout ça se bousculant pour être vu. Et toutes les déclinaisons possibles de ce salon dans les maisons de nos voisins, des logements mitoyens, en lots de deux ou quatre, casqués de toitures en tôle aux pentes inégales, comme si le projet de construction tout entier avait été élaboré à partir de rebuts d'autres chantiers. Au fil des ans, MaViolet avait vécu dans trois logements différents. Elle avait déménagé de Rose Hill après la mort de Papa Alred, parce que le propriétaire en avait profité pour faire grimper le loyer. Elle était connue en ce temps-là pour ses tartes aux fruits et son gâteau Red Velvet – elle prenait en charge le service traiteur de différents événements en ville et dans le comté. Mais quand elle a cherché à louer ou acheter un logement en son nom, on a jugé qu'elle ne remplissait pas les critères, même après qu'elle s'était trouvé un emploi dans les services de restauration de l'université. Finalement, Momma et elle avaient emménagé dans First Street, un quartier surtout peuplé d'habitants noirs ou bruns de peau, à l'époque où les constructions y étaient encore plus ou moins neuves et vernies de vagues promesses.

MaViolet s'est redressée, essuyant sa bouche du revers de la main. *Tu crois qu'ils ont mis le feu à la nôtre ?*

J'ai dit, *Je ne crois pas qu'ils y aient touché.* J'espérais avoir raison.

De l'allée nous parvenait la voix de Mama Yahya – elle chantait pour son bébé, elle implorait son bébé. Elle pleurait.

IV

À notre réveil nous étions assaillis par le criaillement des chants d'oiseaux. À notre réveil nous étions en sueur, bras et jambes constellés de cuisantes piqûres d'insectes invisibles. Nous avions l'estomac gargouillant et la poitrine oppressée par toutes les pertes que nous avions passé la nuit à inventorier. Papa Yahya avait laissé là-bas un collier de perles d'ambre ; il lui venait de sa mère, une femme difficile. Elijah avait laissé là-bas une bague couleur rubis, qui lui avait été offerte par un recruteur sportif quelques années auparavant ; en fait elle n'avait aucune valeur mais son brillant et sa taille parfaitement ajustée lui avaient fait caresser l'espoir d'un avenir possible. LaToya avait laissé là-bas son diplôme d'études secondaires – probablement dans le tiroir du haut parmi les factures, disait-elle. Ms Edith avait laissé une petite croix en bois accrochée au mur au-dessus de son lit. Moi aussi j'avais laissé là-bas, dans notre maison de First Street, une chose précieuse, mais plusieurs jours allaient encore passer avant que je ne m'en rende compte. À notre réveil nous étions plongés dans cette interrogation : nos amis et nos voisins avaient-ils trouvé refuge quelque part ? Et nous, avions-nous trouvé refuge ?

Le couple de la maison toute blanche avait perdu l'une de ses poules pendant la nuit, si bien qu'à notre réveil nous étions assaillis aussi par les cris stridents de Carol. Elle n'a cessé que lorsqu'elle a retrouvé le volatile picorant et déféquant dans la pénombre des allées du petit auditorium. Une fois levés, nous avons appris que le gardien blanc, Mr Odem, avait déguerpi dans la nuit. D'après Mr Byrd, il était parti avec la seconde voiture de Mrs Dandridge et avait emporté un fusil de chasse. Mrs Dandridge était la présidente en exercice du domaine de Monticello, nous a-t-il expliqué. Elle avait tenté de maintenir un temps l'entretien de la demeure et des jardins, ainsi que l'éclairage du site par un groupe électrogène. Elle voulait se tenir prête à rouvrir les portes de Monticello dès que le monde serait suffisamment rétabli pour revenir s'offrir une visite dans le passé. Mais Mrs Dandridge a fini par partir elle aussi, dans sa Range Rover avec ses deux molosses, pour rejoindre ses grands enfants du côté de Richmond.

Avec MaViolet, nous avons visité les toilettes aux lumières tamisées. Y trouvant les robinets hors service, nous nous sommes contentées de frotter du savon dans nos mains. Alors que MaViolet venait de s'installer sur le même banc que la veille, j'ai entendu des éclats de voix. Apparemment quelqu'un avait fait une razzia dans la boutique de souvenirs pendant la nuit, renversant toute une pyramide de barres de chocolat noir, éparpillant partout des emballages en aluminium doré et papier ciré. Quand je me suis risquée à l'intérieur, j'ai trouvé Georgie, les bras croisés, dominant de toute sa hauteur KJ – celui-ci étreignant farouchement sa valisette verte, de toute la force de ses bras maigrelets. Mr Byrd était là aussi, ses cheveux poivre et sel aplatis du côté où il s'était allongé pour dormir. Les deux gardiens expliquaient à KJ qu'il ferait bien de les laisser vérifier son sac ; Mr Byrd d'une voix apaisante quand celle de Georgie montait dans les aigus. *C'est à moi*, protestait KJ, reculant entre les tables-présentoirs, la sueur perlant sous ses boucles emmêlées.

Ezra avait dû entendre l'altercation. Il a déboulé d'un pas dégingandé dans son short en jean, la tête étoilée de mèches crépues. Depuis que leur père était mort, nous avions tous été témoins, dans le quartier, des formes particulières que prenait chez lui la douleur : comment il restait à traîner au coin des rues à toute heure du jour et de la nuit, la voix trop forte et accentuée de chagrin, les poings serrés comme prêts à cogner. Ezra a posé ses mains nerveuses sur les épaules étroites de KJ. Il a dit, *Maintenant, vous laissez Little Man tranquille. Ça aurait pu être n'importe qui.*

Comme la chaleur du jour montait, nous nous sommes rassemblés dans le patio à l'extérieur du café, rapprochant les tables, partageant le peu que nous avions dans nos sacs, et vérifiant à nouveau nos poches vides. Knox rayait quelque chose dans son petit carnet à carreaux et LaToya, recroquevillée sur un banc au soleil, faisait un somme. Ms Edith lisait à voix haute pour elle-même et, chaque fois qu'elle le voyait passer, elle faisait signe à Georgie pour qu'il nous apporte encore de l'eau ou des trucs à manger. Papa Yahya improvisait des jeux en série pour ses enfants : Combien de colonnes comptaient-ils entre la billetterie et lui ? Combien de portes et de fenêtres ? Combien de nuances de vert ?

Quand Devin s'est avancé vers notre petit groupe disséminé dans le patio, son visage était plus doux que la veille, et une barbe de trois jours lui mouchetait les joues. Les jumeaux n'ont pas tardé à le suivre, pris dans une conversation à eux. Elijah avait une voix de ruisseau, un visage de bouledogue et une barbe hirsute dont on voyait qu'elle avait été impeccablement taillée. Il était le plus grand des deux et avait joué une saison dans une équipe de football universitaire. Alors qu'Elijah était costaud, Ezra était plutôt svelte. Les jumeaux se ressemblaient comme des frères, mais pas comme deux personnes identiques, on aurait dit que l'un s'arrêtait là où l'autre commençait.

L'Éternel est ma force et mon bouclier, a dit Ms Edith.

Ira était avachi dans son siège comme s'il allait fondre. Il avait quitté sa chemise bleue et ne portait plus qu'un maillot de corps délavé, et ses poils blancs débordaient de l'encolure en V. Autrefois il avait été avocat, grand défenseur des causes perdues, avec une grosse pension alimentaire à payer – d'où sa retraite en lisière de notre petit îlot de logements sociaux. *Mais que faisaient les autorités de la ville ?* disait-il. *Et ces foutus pompiers ? Et la police ?*

Carol ponctuait de hochements de tête les propos fulminants de son mari, tout en chassant les moustiques à la tapette.

La police, tu parles, a dit Ezra. *Non. Faut qu'on y retourne nous-mêmes. Qu'on retrouve ces fils de pute et qu'on les fasse payer.*

Ben voyons, retournes-y donc, mon gars ! Les cheveux blancs d'Ira étaient laqués de sueur. *Ils vont te voir arriver à des kilomètres.*

Quelqu'un va devoir payer pour ça, a dit Ezra.

Devin a acquiescé, d'une voix évasive : oui, quelqu'un paierait. En guise de démonstration, Ezra et Elijah se sont dressés, les poings levés, bondissant, esquivant et zigzaguant, faisant voltiger la sueur autour de leurs corps bagarreurs, comme pour souligner leur intention de boxer ces hommes armés jusqu'à ce qu'ils se rendent.

Du calme ! a dit Papa Yahya. *Vous faites peur aux enfants.* Jobari et Imani se retranchaient, mutiques, derrière Mama Yahya occupée à bercer le bébé, ses courbes généreuses rehaussées par les grands motifs d'un pagne.

Non, moi j'y retourne, a persisté Ezra, se distinguant ainsi de notre petite congrégation et nous rappelant que nous ne formions pas du tout un groupe, mais que nous nous trouvions seulement assis là, rassemblés sur cette terrasse par un terrible concours de circonstances. LaToya était assise à l'écart, jambes croisées aux chevilles non loin de Ms Edith, grattant une démangeaison au milieu de sa chevelure d'ambre. La nuit avait effacé son maquillage doré, dévoilant son visage parsemé de taches de rousseur. *Ça se trouve, nos maisons sont toutes cramées maintenant*, a dit LaToya. *Où c'est qu'on est supposé d'aller, du coup ?*

Elle a raison, a dit Knox, d'une voix qui m'a fait sursauter. Il avait pris un siège à côté de MaViolet. Quand il s'est mis à parler, ça m'a estomaquée, et j'ai ressenti aussi une pointe d'amertume : Knox, lui, aurait sans doute pu retourner en ville. Et sur le campus, et dans sa chambre de résidence.

Mais il ne l'avait pas fait, me suis-je rappelé.

Posément, Knox a pris la mesure de la situation, faisant parfois appel aux vieux gardiens pour répondre à ses interrogations. Mr Byrd avait un véhicule de fonction, une Lincoln Town Car garée dans le parking souterrain. Il y avait aussi notre Jaunt cabossé et l'une des vieilles navettes du domaine, qui avait encore de l'essence dans le réservoir.

Où est-ce qu'on pourrait aller, sinon ? a dit Knox.

J'ai pensé à ce jour, quelques semaines auparavant, où j'avais traversé tout le campus jusqu'à Beta Bridge, avec sa rambarde basse recouverte de graffitis par des générations et des générations d'étudiants – couches successives de peinture écaillée par endroits, semblables à de la roche sédimentaire. J'étais demeurée là un moment, à regarder les files de voitures quitter la ville, chargées de bagages arrimés aux toits. Au cœur des tempêtes les gens s'étaient d'abord recroquevillés à l'abri, et ensuite ils avaient rassemblé leurs affaires, avant de choisir entre rester ou partir.

Knox a regardé autour de lui, noté quelque chose dans son carnet. *D'ailleurs, qui nous dit que les routes seront sûres*, disait-il.

Devin avait noué ses dreads en tas désordonné au sommet de sa tête. *Qui c'est qui l'a mis aux commandes, lui ?* a-t-il demandé, s'adressant à tous ceux qu'il connaissait dans notre voisinage.

Et, quelque part, j'étais d'accord ; mais j'ai pris la parole. J'ai dit, *Laissez-le parler. Chacun d'entre nous a droit à la parole, quand même.*

Knox a poursuivi, racontant à tous les autres ce qu'il m'avait déjà dit de son trajet entre le campus et la maison de MaViolet quelques jours plus tôt : comment la traversée de la ville, au pas de course, lui était apparue périlleuse. Des quartiers entièrement vidés de leurs habitants, ou bien marqués par des pancartes interdisant l'entrée à toute personne étrangère. La rue principale déserte, sauf près de l'ancienne gare routière où il avait croisé un groupe de femmes vêtues de blouses blanches miteuses et portant des cartables rouges. Elles lui avaient demandé s'il avait besoin de nourriture ou de soins médicaux, mais leur sollicitude s'était vite muée en indifférence quand il avait décliné leur proposition.

Quand Knox a eu terminé de parler, d'autres personnes ont raconté et re-raconté à tour de rôle ce qu'elles avaient vécu dans First Street la nuit précédente. Ce sifflement incessant du «Chant de La Bannière Étoilée». La façon dont ces hommes se déplaçaient en formation groupée, comme des soldats à la télévision. *Ils balançaient de l'essence sur les portes d'entrée et les fenêtres!* a dit Papa Yahya, la voix brisée par l'émotion. *Pour piéger les gens à l'intérieur, j'imagine. On est partis avec les enfants, c'est allé tellement vite!*

KJ s'est écrié, *Ils vont venir ici et tous nous tuer!*

Devin a regardé en direction du Jaunt derrière lui, puis vers Mr Byrd. *On peut voir la ville d'ici, en grimpant un peu?*

Vous n'êtes pas censés entrer dans la maison, a dit Georgie, aussitôt interrompu par Devin. *Ce n'est pas le sujet. Je cherche juste un endroit d'où on peut voir les environs.*

Mr Byrd a répondu qu'il y avait une bonne vue dégagée jusqu'à la ville, par temps clair, en montant vers l'arrêt de la navette du sommet. On pouvait apercevoir certains des bâtiments les plus hauts de Pantops, des toits-terrasses qui montaient au-dessus de la cime des arbres. Et encore davantage en grimpant le sentier qui zigzague jusqu'à la colline d'à-côté, Montalto, à peu près une heure d'excursion aller-retour. Et c'est vers ce sommet qu'ils ont pris la route, Devin ouvrant la marche, dominant les autres de toute sa hauteur, et Mr Byrd à ses côtés, empoignant son bâton de marche improvisé. Les jumeaux sont partis aussi, ainsi que KJ qui galopait derrière, visiblement plus léger sans sa valise. Je ne la voyais plus dans le patio ; il avait dû la planquer. Knox et moi sommes restés au pavillon d'accueil, avec les autres. Moi pour garder un œil sur MaViolet, même si j'avais très envie de monter voir de mes propres yeux. Je me disais que si je pouvais embrasser du regard tout ce paysage qui s'étalait plus bas, je pourrais peut-être trouver le moyen de nous faire rentrer chez nous. Une fois la troupe disparue, Georgie, nerveux et clignant des yeux, a sorti et disposé devant nous un alignement de bouteilles d'eau et un maigre assortiment d'encas. Puis il s'est dirigé vers le parking pour monter la garde, son fusil en bandoulière lui glissant doucement dans le dos.

À leur retour, ils ont traversé le patio en file indienne titubante pour aller chercher les bouteilles d'eau restantes. Une chaleur humide irradiait de Devin quand il est passé à côté de moi et son tee-shirt, bruni par la transpiration, lui collait au torse. Il a lancé une bouteille d'eau pardessus la tête d'Ira, à l'intention de KJ, avant de dévisser le bouchon d'une autre, pour la vider d'un trait.

Visages nacrés de sueur, Devin et les autres nous ont fait leur compte rendu. Ils avaient vu de la fumée s'élever au-dessus de ce qui était probablement notre quartier. Mais ils avaient aussi vu des incendies ailleurs : des colonnes de suie qui montaient d'au moins trois zones différentes de la ville. Tout notre quartier avait-il brûlé ? avons-nous demandé, Ou seulement une partie ? Savaient-ils quels autres endroits étaient en feu ? Difficile à dire, avec cette fumée.

Tout ce que je sais, c'est qu'on peut pas y retourner – pas tout de suite, a dit Devin.

C'est pas possible, a dit Knox en se remettant à marcher de long en large. *Ça va se calmer. Faut que ça se calme.*

Depuis le début du démantèlement, Knox pensait que le problème était essentiellement d'ordre technique et logistique : l'électricité, les tempêtes. Il savait qu'il y avait beaucoup de cinglés dangereux, mais les gens bien étaient plus nombreux encore, m'avait-il assuré plus d'une fois. Il était convaincu que les choses iraient mieux dès que l'électricité serait rétablie, et que les avions voleraient à nouveau.

Il faut qu'on signale notre présence, a dit Knox. *Un signe visible depuis les airs.* Et c'est ce qu'il a fait un peu plus tard ce jour-là avec les enfants. Ils m'ont demandé ce qu'ils devaient écrire, puis ils ont fabriqué des mots en utilisant des sacs en plastique blancs trouvés dans la réserve du café. Quand ils ont eu terminé, j'ai fait le tour de chaque lettre frémissante : ça disait, NOUS SOMMES ICI.

De tout l'après-midi la chaleur ne nous a laissé aucun répit. MaViolet, penchée sur son siège, ébauchait un sourire. Je l'ai aidée à se lever, j'ai marché avec elle, bras dessus bras dessous, jusqu'aux toilettes. Les gardiens y avaient déposé des seaux d'eau ; nous avons passé nos mains sous l'eau, sur nos visages des serviettes en papier mouillées.

Quand j'étais petite, chaque fois que Momma travaillait tard à conduire des cars de lycéens en sortie scolaire,

MaViolet me faisait couler un bain avant le dîner. Pendant que je m'amusais à soulever des nuées de bulles à la surface, elle finissait de cuisiner un ragoût, un gratin ou autre chose. Certains soirs Ms Edith faisait un saut pour nous laisser un panier sur le plan de travail : concombres de traviole, tomates vertes mollassonnes ou autre récalcitrante récolte du jardin. D'autres soirs, il arrivait que des voisins passent à l'improviste. Si nous n'étions que toutes les deux à table, MaViolet me laissait mettre un des vieux vinyles de Papa Alred. Elle me posait plein de questions. Est-ce que je travaillais bien à l'école ? Est-ce que mes professeurs me traitaient correctement ? Avais-je pu trouver un peu de joie dans ma journée ? Et maintenant je versais une giclée de savon dans le seau et j'aidais ma grand-maman à extirper ses bras du peignoir, sous lequel elle ne portait qu'une chemise de nuit. Dans la pâle transparence du tissu, je devinais ses sous-vêtements en maille épaisse, éclatants de blancheur.

Tu es une bonne petite-fille, a-t-elle dit à mon reflet dans le miroir, mais moi je savais bien qu'elle ne me voyait pas tout entière. Je me suis baissée pour lui retirer ses bas de contention, puis je les ai plongés dans l'eau trouble. J'ai ensuite roulé en boule son peignoir, en me disant que je laverais sa chemise de nuit si le jour suivant nous étions toujours coincés là. À cet instant j'ai senti quelque chose dans sa poche. C'était un inhalateur : *son* inhalateur. Là mon cœur qui tombe. Je l'ai rangé au fond de ma poche en priant pour que MaViolet ne l'ait pas aperçu, de même que la vague de panique qui avait dû traverser mon visage. Pendant que le peignoir séchait sur une chaise au soleil, je me suis assise avec elle dans la relative tranquillité de l'auditorium – calant la porte de manière à ce qu'elle laisse passer un peu de lumière.

Le soleil de l'après-midi éclaboussait d'orange nos bras et nos jambes. Ezra a commencé une partie de cartes avec LaToya, pariant des allumettes arrachées à des paquets perdus. Elle a gagné trois fois de suite, puis elle a lâché l'affaire quand Ezra s'est mis à l'accuser de tricherie. Devin et Elijah sont retournés faire le guet à l'entrée du domaine, derrière le Jaunt, où ils ont récupéré leurs sièges. Plus d'une fois j'ai entendu Georgie y aller de sa rengaine quand Mr Byrd passait près de lui : *Ils ne sont pas censés être ici, tu te rappelles ?* Je me suis enfoncée dans mon siège et j'ai essayé de fermer les yeux. Dans ce noir, j'ai revu le garçon du pick-up, ses doigts glissant sur le rebord d'une portière. Quand j'ai émergé en sursaut, il y avait Carol non loin de moi, les reflets d'argent de sa coupe au bol cramée de soleil, les deux poules à ses pieds. Elle passait le dos de sa main sur le front d'Ira, comme quand on prend la température d'un enfant pour voir s'il a de la fièvre. Elle a dit, *Est-ce qu'on se cache ? Est-ce qu'on attend ?*

Ira s'est penché vers la poule la plus proche de lui – son plumage était entrelacé de brun-roux. Elle a picoré la main tendue d'Ira, puis elle s'est éloignée. *Qu'est-ce que j'en sais*, a dit Ira.

Ms Edith, dans un geste de va-et-vient acharné, se rafraîchissait derrière un éventail qu'elle avait bricolé avec un prospectus imprimé sur papier glacé. Elle a dit, *L'Éternel est ma lumière, l'Éternel est mon salut. Qui puis-je craindre ?*

Ta gueule toi, lui a jeté Ira. *Est-ce que ça t'arrive de la fermer ?*

Ni une ni deux, Ms Edith a balancé une pile de prospectus dans sa direction, le frappant à l'épaule.

Ira gigotait sur son siège. *Pas question de rester ici avec ces gens !* Il a hélé Mr Byrd, exigeant qu'il lui remette les clés d'un véhicule, n'importe lequel.

Ms Edith a rétorqué froidement, sans même le regarder. *Si on lui donne des clés, qu'on me donne des clés à moi aussi. Je roulerai jusqu'à Mount Zion. Je roulerai jusqu'à Columbia Heights.*

Faut que je me tire d'ici, a dit Ira.

C'est là qu'on a entendu le tour de clé dans la serrure. Nos regards se sont tous tournés vers le café, où Georgie venait de s'enfermer, nous barrant l'accès aux bouteilles d'eau et à presque tout ce qui nous restait à manger. Nous pouvions le voir, le visage grimaçant de peur ou d'excitation, sa bedaine rouge groseille collée à la porte. Déjà Mr Byrd se précipitait hors de la billetterie, mais Ezra est arrivé avant lui à la baie vitrée. *J'hallucine*, a-t-il dit, le dos en sueur, la frappant de la paume de sa main. Il a dit, *Alors là, c'est mort !*

Ezra s'est retourné comme pour s'en aller mais, dans une volte-face, il a sorti un pistolet de sa poche arrière et l'a plaqué contre la vitre.

Les bras de Mama Yahya semblaient s'être démultipliés pour ramener lestement à elle Jobari et Imani, qui commençaient à s'avancer pour mieux voir. KJ, lui aussi, regardait fixement Ezra, tout en portant à sa bouche un truc sombre et sucré. MaViolet s'est relevée dans un grand effort. *Jeune homme !* s'est-elle écriée, le visage transi d'inquiétude. Georgie restait figé de l'autre côté du panneau de verre, les yeux rivés sur l'arme d'Ezra.

Range-moi ça, garçon, disait Mr Byrd.

Quelqu'un avait dû alerter Elijah, car il est sorti du Jaunt en courant pour retrouver son jumeau, avec Devin sur ses talons. *Allez, c'est bon*, répétait-il à Ezra, et ses mains patientes tentaient de décoller de la porte le corps frêle de son frère. Mais ce dernier, se rebiffant, lui a flanqué un coup de coude, et de la gorge d'Elijah est monté un gémissement. Il a retourné et plaqué le bras d'Ezra dans son dos, et l'a frappé deux fois au visage. Dans la bousculade qui a suivi, l'arme est tombée par terre. Et les jumeaux à leur tour, renversant un empilement de sièges au passage. Elijah essayait d'immobiliser Ezra, qui résistait, mordait, griffait. Mr Byrd a fait glisser l'arme hors de leur portée. Devin criait après Ezra pendant qu'Ira criait après Elijah. Ms Edith priait d'un air grave et Knox a reculé d'un pas trébuchant. Papa Yahya grondait ses enfants de s'être trop approchés du danger une fois de plus. Il leur disait, *Il faut m'écouter.*

À côté de moi, MaViolet tressaillait.

Et moi j'étais debout, et je chancelais.

Je me souviens avoir regardé tous ces gens, que pour la plupart je connaissais depuis des mois, des années, et qui, pour une bonne partie, m'étaient chers. Tout le monde hurlait ou se recroquevillait de peur ou ricanait, de colère ou de terreur. J'ai cligné des yeux, et leurs visages familiers se sont confondus avec les visages de ces hommes venus avec le feu, ces visages crispés par la rage. J'ai ouvert ma grande bouche, laissé passer ma voix, ma voix grave et profonde comme celle qu'il arrivait à Momma de prendre lorsque c'était nécessaire. Je me souviens, j'ai crié, *Nous sommes ici !*

Tout le monde s'est figé. Même Ira, qui à ce moment-là riait amèrement. Même Ezra, avec son bleu de plus en plus marqué à la joue. Je sentais la présence de Knox juste à côté de moi, me fixant des yeux, comme pris de court par cette voix sortie de moi. Mr Byrd a déverrouillé la porte du café, d'un lent tour de clé, et Georgie s'est avancé, transpirant, dans l'entrebâillement. J'ai laissé échapper un souffle long et tremblant.

Nous étions ensemble, sains et saufs, mais jusqu'à quand, ai-je dit alors. Et comment pourrions-nous jamais rentrer chez nous, si nous étions incapables de nous entendre. C'était pur hasard si nous avions pu nous échapper, et nous serions fous de nous croire hors de danger. C'était à nous, à nous seulement, ai-je dit, de tirer avantage de cette grâce fragile.

Les mots s'échappaient de moi mais flottaient ensuite comme en apesanteur. Au-dessus de nous, par l'atrium, une forme est descendue en piqué : chauve-souris solitaire ou vol de moineau effarouché. C'était déjà le crépuscule. Une lune pleine et pâle se levait, et sous elle j'avais l'impression d'être à nu.

Me faufilant dans le dédale des sièges et des gens, je me suis repliée vers les toilettes. Dès l'entrée, la puanteur des cabinets aux chasses non tirées m'a suffoquée. J'ai eu un haut-le-cœur, sans que rien ne remonte – je sentais mon corps resserré autour d'une sensation de nausée contenue, comme si je portais en moi une chose terriblement lourde qu'il m'était impossible de poser, pas même un instant. Je me suis adossée contre le mur, appuyant sur l'interrupteur d'un geste machinal. Mes doigts, toutes ces semaines après, cherchaient encore à toucher le monde tel qu'il avait existé.

J'ai traversé la pénombre à tâtons jusqu'aux lavabos, avec le sentiment de n'avoir fait qu'ajouter du chaos au chaos. Dans le miroir, je distinguais à peine mon reflet, mes cheveux rassemblés en deux macarons bâclés, mon visage noir et bleu comme les sculptures en ébène que Momma collectionnait. Je me préparais à ressortir pour leur dire, Je ne sais pas ce qui m'a pris. Je me préparais à leur demander pardon.

Quand finalement je les ai rejoints, ils se tenaient tous près du café, serrés les uns contre les autres. J'entendais une voix, mal assurée mais qui montait crescendo : la voix de MaViolet. Elle chantait un vieux cantique dont je me souvenais à moitié, et la voix de Ms Edith se joignait à elle. D'autres semblaient le connaître aussi, vu la façon dont ils se balançaient en rythme.

MaViolet avait vécu dans First Street presque toute sa vie, donc elle en connaissait, du monde. Même les gamins un peu sauvages, comme KJ, qu'on voyait souvent traîner du côté de chez elle, avec leur air de chien battu. Même les familles de blancs comme Ira et Carol, qui s'étaient mises à raser ou rénover des maisons délabrées aux alentours. Ms Edith en connaissait pas mal aussi, du monde, à force d'avoir porté des plateaux-repas à des personnes isolées, et des bottes de fines herbes et des légumes aux gens du quartier tous les mois d'août, du temps où le jardin communautaire était encore débordant de couleurs. Et ce soir-là, ces deux vieilles dames chantaient comme si leur vie en dépendait : la voix fluette de MaViolet s'élevait dans les aigus, tandis que celle de Ms Edith se calait en dessous dans les graves, si bien que d'autres ont commencé à fredonner ou chanter avec elles, comme pour se glisser entre les deux. Quand j'ai marché vers ce chant, tout le groupe m'a attiré à lui, une main après l'autre, jusqu'à ce que je me retrouve aux côtés de ma grand-mère au milieu du vague cercle qui s'était formé autour d'elle. Je sentais leurs regards se hisser pour m'absorber, comme s'ils voulaient entendre aussi ma voix, comme si elle devait venir prolonger les leurs.

V

Chanter ne nous a pas sauvés. Ce qui nous a sauvés – pourrait encore nous sauver – c'est notre ancien quartier. On dira tout ce qu'on voudra, habiter dans First Street nous a appris, même à la rude, ce que c'était que de vivre. Nos petites vérandas, juste assez grandes pour abriter un ou deux sièges en plastique, semblaient toujours occupées par une tata ou autre, sans cesse le cou tendu vers nous, veillant à ce qu'aucun enfant n'aille traîner sur la route. Pour voir qui allait voir qui. Qui était à bout de nerfs. Les plus grands gardaient toujours un œil sur les plus petits, comme si on était tous cousins. Chaque été, on aurait dit qu'on entendait sans arrêt le camion de glaces arriver du bas de la rue, avec son klaxon de carnaval bizarre, et ce conducteur blême et sinistre qui prenait nos pièces de monnaie chauffées dans la main en échange d'une douceur fondante et sucrée. Pour lui remettre l'argent on avait élaboré toute une tactique, de peur que l'homme nous attrape et nous enlève. Une fois les langues rougies, les mains poisseuses, on faisait une petite danse de la victoire sur le trottoir, évitant soigneusement de marcher sur les fissures, pour que nos mères ne se cassent pas la figure, en plus d'avoir le dos en compote.

Avec le démantèlement, First Street s'était encore transformée. Ms Edith et d'autres dames de sa paroisse distribuaient les vivres du jardin communautaire, lambeaux de têtes de choux, aubergines lustrées, et elles troquaient leurs surplus de fines herbes avec les gros producteurs de l'autre côté de Ridge Street. Deux-trois mamans s'occupaient de remplir des bidons d'eau à l'énorme citerne située derrière les terrains de basket et de les distribuer ensuite. Certains des grands, comme Devin et Elijah, se chargeaient de garder notre local de service, où les gens du voisinage s'étaient mis à stocker des provisions : charbon de bois, conserves, tout ce sur quoi on mettait la main. Le soir, dans le parking adjacent, les gens troquaient des cigarettes, de l'alcool, des couches pour bébé. Ils donnaient des vêtements de seconde main ou des jouets pour enfants. Très tôt, les paroisses locales avaient mis en place des livraisons de céréales, de savon et de bougies. Une fois, une famille de résidents récemment installés – un père et son fils à la peau couleur de sable mouillé – ont abattu un cerf dans la ravine derrière le jardin. Ils l'ont dépecé et ont paré la viande pour en donner à qui en voulait avant que ça ne se gâte, et des odeurs de grillade s'élevaient des barbecues, remplissant les narines tout le long de notre rue et même au-delà.

Nous avons passé la matinée du lendemain au pavillon d'accueil, entre stupeur et nostalgie, à attendre ou bien à nous cacher – difficile de savoir. Les bouteilles se comprimaient entre nos mains, l'eau dedans était chaude avec un goût de plastique. Dans First Street, toute notre vie jusqu'ici, on pouvait au moins compter sur certaines petites choses – *ma* chambre, *mon* canapé, *mon* dîner. Mais au pavillon d'accueil, tout appartenait soit à quelqu'un d'autre soit au passé. Mr Byrd en détenait les clés, c'était déjà ça, et il en faisait bon usage, poussant les portes et les calant grandes ouvertes pour tous. Les enfants gambadaient à l'extérieur du pavillon, jouant à chat, une variante où le poursuivant brandissait une mitrailleuse imaginaire ou une torche enflammée. MaViolet se ragaillardissait, son vieux cantique fredonné en sourde ritournelle au fond de la gorge. Devin et Elijah continuaient de surveiller l'entrée principale et les bois qui nous séparaient de la route en contrebas. Ils traînaient ou dormaient dans le Jaunt, tandis qu'Ezra, toujours à ressasser, boudait dans l'auditorium ou à l'extérieur.

Le soleil était haut dans le ciel quand j'ai vu Mama Yahya s'en aller. Elle marchait d'un pas résolu, en tee-shirt ample et jupe-pagne moulante à grands motifs, quand elle est passée comme ça devant moi, se dirigeant droit vers l'esplanade. Elle est partie sans réveiller Papa Yahya, qui somnolait dans un siège, dodelinant de la tête. Elle portait son bébé, comme toujours, et son corps se balançait légèrement au rythme de ses pas, d'un pied sur l'autre, en un mouvement syncopé. Elle est passée devant la billetterie, puis devant le Jaunt, tournant à peine la tête. C'est peut-être quelque chose dans l'économie de ses mouvements, sa petite musique tranquille, qui m'a poussée à la suivre.

À distance, je calais mon pas sur celui de Mama Yahya, qui marchait maintenant sur un chemin pavé bordé de fleurs sauvages, traversant le haut du parking. J'ai cessé de marcher quand elle-même s'est arrêtée devant une parcelle vide et isolée, hérissée d'herbe. Une clôture basse à barreaux de bois fendus l'entourait au milieu des places de stationnement. Un panneau expliquait que des historiens y avaient trouvé des ossements d'esclaves, pourtant il n'y avait là ni pierre tombale ni aucune trace apparente de sépulture. Au pied de cette parcelle clôturée, Mama Yahya bougeait les lèvres, parlant au bébé dans sa langue natale – ou bien dans cette langue secrète qui lie les mères à leurs enfants ; cela m'a semblé presque familier.

Elle est sans doute en état de choc, a dit Knox. Il m'avait suivie, à pas prudents, comme je la suivais. Il se tenait sur le sentier à quelques mètres derrière, les mains ouvertes vers moi, comme pour me rassurer. J'ai voulu dire, Ça va, je vais bien. Mais au lieu de ça j'ai dit, *Ce garçon, dans la Jeep, tu l'as vu ?*

On est sûrement tous sous le choc, au moins un peu, d'avoir vu ces hommes arriver comme ça, a dit Knox.

Je me suis sentie envahie par une sensation presque insoutenable de légèreté, comme au seuil de l'apesanteur. Peut-être que Knox l'a sentie lui aussi, car il est venu m'envelopper de ses bras, par-derrière, et m'a maintenue ancrée au sol. Puis il a posé sa tête au-dessus de la mienne, et ensemble nous avons regardé ce cimetière dépouillé de signes funéraires.

Au bout d'un moment, Knox a fait signe à Mama Yahya. *On va s'assurer qu'elle rentre bien.*

Toute la journée, ce sentiment d'apesanteur m'a tourmentée. Même pendant que j'essayais de me laver avec une pompe à savon et un seau d'eau de pluie. Même pendant que j'écoutais MaViolet et Ms Edith papoter sur un banc près de la boutique de souvenirs, passant en revue tous les voisins qu'elles connaissaient et imaginant l'endroit où ils pouvaient se trouver à ce moment-là. Seul le bruit du verre brisé m'a ramenée à l'intérieur de mon corps – le duvet sur mes avant-bras s'est hérissé d'un coup, comme sous une pluie de petites piques. Je me suis levée aussitôt pour suivre Mr Byrd qui se dirigeait déjà vers la porte ouverte du musée, d'où provenait le fracas.

Dans la pénombre d'une montée d'escalier, KJ se tenait entre les deux enfants Yahya. C'était non loin des portes de l'étage supérieur, d'où se répandaient de denses rais de lumière. Un marteau est tombé sur le plancher dans un bruit sourd et KJ a reculé d'un pas. Mais Jobari et Imani sont restés figés devant les débris, les yeux écarquillés de surprise, comme s'ils n'avaient pas pensé la chose imaginable. Dès qu'ils nous ont vus, les petits se sont mis à pleurer. Ils disaient, *On veut rentrer à la maison*, en pleurnichant, la morve dégoulinant, les larmes striant leurs joues brunes et creusées.

Au milieu des bris de verre, un ensemble de petits appareils rutilaient. Un télescope en laiton sur son affût spécial, un couteau de poche avec une lame dentée se déployant comme une aile de libellule. Je me suis demandé si Thomas Jefferson avait réellement utilisé ces instruments comme outils de mesure et de marquage. En fuyant notre rue, nous aurions pu atterrir n'importe où, et voici que nous nous retrouvions là, dans ce musée dédié à mon arrière-arrière-arrière-grand-père. Mais tant de générations nous séparaient, et quelle importance tout cela avait-il encore ? J'ai passé ma main entre les bords déchiquetés de la vitrine, tendant mes doigts précautionneux vers une horloge au cadran serti de perles et encastrée dans un carré de bois grand comme la paume d'une main, conçu pour s'ouvrir et se refermer à la manière d'un miroir de poche. En touchant cette horloge, j'ai senti me parcourir un courant de basse intensité, comme à travers un corps conducteur.

J'ai pensé, *Et maintenant ?*

Et Mr Byrd a dit, *Faites attention, ça coupe.*

Les enfants se sont éloignés en sanglotant doucement, *Rentrer à la maison.*

C'est moi qui ai invité tout le monde à se rassembler, pendant que Knox et Mr Byrd disposaient les sièges du café en un cercle hâtif. Georgie a sorti des bouteilles d'eau, à bonne distance d'Ezra, dont la mâchoire prenait une teinte intensément violacée à l'endroit où son jumeau l'avait frappé. Devin et Elijah nous ont rejoints et se sont postés à l'extrémité droite du groupe, et MaViolet s'est assise à une table vers le milieu. Avant de prendre place, Ms Edith a fait son petit tour dans le café, choisissant ici et là des mélanges de fruits secs et des crackers à la farine complète et aux graines, comme si elle glanait des légumes dans un jardin. Elle a disposé ces encas sur une table, à côté de l'alignement de bouteilles d'eau. Les gens se sont jetés dessus, entamant un concert de craquètements sourds. À ma demande, Knox avait trouvé et déballé un bloc de papier à lettres provenant de la boutique de souvenirs. En le voyant, Imani est allée chercher une plume d'oie et un encrier dans la salle de jeux du sous-sol, le visage encore sillonné par les traces salées du chemin des larmes.

Quand tout le monde s'est assis et que les yeux se sont tournés vers moi, j'ai dit, *Vous voulez tous rentrer chez vous, c'est ça ? Vous voulez tous voir ce qui nous reste là-bas ? Vous espérez que le danger est écarté ? Vous voulez qu'on se sépare ? Aller ailleurs ? En tout cas ma grand-mère et moi, c'est sûr qu'on n'a nulle part où aller.*

Mon regard a traversé la salle pour se poser dehors sur la vaste esplanade. Sur son banc près de Carol, Ira était pris d'une quinte de toux et enfouissait sa bouche dans le creux de son coude. MaViolet grignotait des crackers, mais le reste de son corps restait immobile. Elle avait les yeux brillants, comme une lumière irradiant d'elle à moi. J'ai dit, *Alors qu'est-ce que vous voulez faire, tous ?*

Une brise brûlante a soufflé, froissant les broussailles éparses.

J'ai dit, *Moi je pense que nous devrions rester ici et ensemble, pour le moment.*

Le vent est retombé. Aucune des voix qui s'élevaient n'était d'accord, mais aucune n'était en désaccord non plus. Papa Yahya a tiré à lui son fils, Jobari. LaToya, qui arborait maintenant des nattes africaines sinueuses, passait ses doigts le long de ces pics et sillons nouveaux. J'ai remonté à mon épaule le col élargi et tout effiloché de mon tee-shirt. *Et maintenant*, ai-je demandé, *qu'est-ce que nous attendons les uns des autres ?*

Nous sommes restés assis ensemble tout le temps qu'il a fallu pour que les gens se mettent à dire ce qu'ils voulaient ou ce dont ils avaient besoin. Nous avons commencé une courte liste de choses que nous pouvions faire et que nous ferions. Nous avons accepté de parler et d'écouter. Nous avons promis d'essayer de ne pas nous battre entre nous. Et Knox a écrit tout ça à la plume d'oie sur le papier à lettres parcheminé, de son écriture de gaucher, prenant soin de ne pas étaler l'encre. Les poules ont gloussé, comme pour marquer leur consentement, et tout le monde a ri.

Puis Ezra s'est écrié, *Ce qu'on devrait faire c'est du bon poulet frit !* Et je n'ai pas pu m'empêcher de repenser à nos virées chez Brown's, à toutes ces boîtes de wings croustillantes que Devin et moi avions partagées. J'en avais l'eau à la bouche. Comme j'avais faim du passé.

Ne sois pas bête, mon garçon, a dit Ms Edith. *À la place d'un repas de viande, tu peux bien te contenter d'un ou deux œufs par jour ?*

Sur son siège à côté d'Ira, Carol a articulé silencieusement, *Merci.*

Ils ont bu tout leur vin dans leur coin, a insisté Elijah. *Ils ont tout bu sans rien proposer à personne. Sans vouloir vous manquer de respect, Ms Edith, qu'est-ce qui vous fait croire qu'ils ont l'intention de partager ne serait-ce qu'un petit œuf avec nous ?*

Ira s'est cramponné au dossier de son siège. *Ce vin était à moi ! J'en avais tous les droits !* Mais ensuite, il a regardé les feuilles éparpillées en éventail sur l'esplanade, comme si c'étaient des flammes. *Ils finissent toujours par revenir, hein ? Tôt ou tard ? Armés jusqu'aux dents, pas vrai ? Nourris aux mensonges ! Avec leurs drapeaux immondes.* Quand Ira a parlé des drapeaux, je me suis souvenue que ces hommes dans First Street portaient tous des brassards bleus rehaussés d'un emblème que je n'avais pas réussi à distinguer. *Je suppose que j'espérais ne pas en arriver à voir ça de mon vivant*, a dit Ira pour finir.

Nous partagerons les œufs ! a dit Carol en frictionnant le dos d'Ira, qui se crispait sous sa main. Et elle a répété, *Nous partagerons.*

Nous avons poursuivi, étoffant notre traité de fortune. Nous avons décortiqué chaque proposition par le menu, et quelquefois nous sommes tout de suite tombés d'accord. Nous collecterions et partagerions toute nourriture ou boisson que nous trouverions sur le domaine. Nous emprunterions pour notre usage toutes les fournitures et tous les outils nécessaires dans les stocks et réserves du personnel, y compris dans les salles d'exposition. Georgie a encaissé le coup, mais il a continué de passer de table en table, nous débarrassant de nos déchets.

Ce que nous trouvions sur le domaine et le peu que nous avions apporté, tout cela constituait un étrange assortiment. Nous disposions du matériel nécessaire pour les premiers secours et d'une grande collection d'outils. Nous avions des chips, des barres de granola, des crackers, de jolies boîtes de thé. Nous avions des sachets de bonbons à l'ancienne, au chocolat noir parsemé de paillettes blanches, dont MaViolet disait qu'ils lui rappelaient ceux de quand elle était petite. Nous avions la promesse incertaine d'avoir des œufs frais chaque jour et beaucoup, beaucoup de boîtes de cacahuètes de Virginie luisantes sous leur opercule en aluminium. Un peu plus tôt, j'avais vu Ms Edith zyeuter un étal de semences anciennes dans la section jardinage de la boutique. Et maintenant elle nous apprenait à nourrir les poules comme il faut, et quelles plantes sauvages de Virginie étaient comestibles – toutes celles qu'elle-même mangeait, enfant, dans le jardin de sa mère. *Lys des champs, pissenlits, morilles, mouron des oiseaux.* Comme elle disait ça, on aurait cru qu'elle récitait la Bible.

Vous êtes née en Virginie ? ai-je demandé à Ms Edith. Elle m'a regardé un bon moment, fronçant les sourcils, comme sur le point de m'envoyer chercher dans un arbre ma propre badine à fouetter. Puis elle m'a répondu, déclinant ses origines par cercles concentriques de plus en plus larges : elle était née dans la maison de sa grand-mère Lee, au bout d'une rue que les gens de couleur appelaient Harp Street, près de Shadwell, dans le Piedmont, en Amérique du Nord, sur cette terre verdoyante bénie de Dieu.

Ayant fui les violences de la guerre en République du Congo, Papa Yahya avait passé plusieurs années en détention dans un camp en Tanzanie, survivant de presque rien, à peine assez d'eau potable ; il y avait été retenu si longtemps qu'il en était venu à se demander ce qui était préférable : être massacré en une seule fois ou mourir lentement d'usure et de soif ? Mr Byrd nous a fait savoir qu'il y avait de grands bassins de collecte d'eau de pluie sur le domaine, conçus par Jefferson en personne, et qu'on pouvait récupérer cette eau par des pompes. *Là-haut, à la maison.* Et quand il a dit ça, j'ai senti mes tempes cogner. Je ne pensais pas qu'il fallait que nous redescendions en ville – pas tout de suite – mais je n'avais pas non plus envie d'entrer dans le musée qu'était cette demeure sur la colline. Je m'étais imaginé que nous resterions au pavillon d'accueil, quelques jours, et qu'ensuite il se passerait quelque chose, un signe nous dirait quoi faire.

Nous avons tous convenu que nous nous protégerions les uns les autres. Et Knox a noté cela aussi.

Quoi qu'il arrive, a lancé Devin.

Quoi qu'il arrive, lui avons-nous répondu.

Quoi qu'il arrive, nous sommes-nous promis.

Nous avons décidé que, pour commencer, Mr Byrd et moi serions les gardiens des clés du site. Et Ms Edith ainsi que Carol distribueraient deux rations de nourriture à chacun, matin et soir. Nous nous relaierions pour aider aux corvées en fonction de nos compétences. Nous travaillerions tous ensemble jusqu'au moment où nous pourrions rentrer chez nous.

Quand nous avons eu fini de parler, Devin, Elijah et Mr Byrd sont allés garer la Lincoln en contrebas, au-delà du portail effondré, au fond du bois parmi les broussailles, puis ils ont bloqué la voie d'accès de la montée avec l'une des navettes à gaz de Monticello. Nous prenions toutes ces précautions, mais en nous disant que les hommes armés ne viendraient pas si loin. C'était la ville qui les intéressait, nous disions-nous, nous rappelant qu'une fois passées ses limites, ils avaient cessé de nous prendre en chasse. Nous en étions presque convaincus.

Nous utiliserions tout ce dont nous aurions besoin, mais sans jamais rien détruire, quelle que soit notre amertume devant tout ce que nous avions perdu et craignions de perdre encore. Knox a noté cela aussi, dans un addendum à notre constitution hâtivement rédigée. Nos relations, telles qu'elles se manifestaient dans nos gestes et paroles, ont alors semblé prendre une autre texture. Ira a souhaité bonne nuit à Ms Edith d'une voix toujours aussi bourrue mais qui s'était un peu émoussée, et Ms Edith l'a salué à son tour d'un signe de la main, moins brusque qu'elle ne l'avait été jusque-là, levant laconiquement les doigts de son tout nouvel assortiment de sachets de semences anciennes. Papa Yahya a fait un grand tour dans la boutique de souvenirs avec ses enfants et KJ. Il a incité chacun d'eux à y choisir quelque chose de spécial, à prendre et à garder précieusement – une pièce de monnaie commémorative plaquée or ; un casse-tête en bois à coder et décoder ; une peluche représentant un animal qui peuplait jadis, libre et impétueux, la nature sauvage de Virginie. Papa Yahya dépliait des tee-shirts neufs devant chacun des enfants, vérifiant à la largeur des épaules si la taille convenait. Je n'ai pas pu m'empêcher de penser à Momma, l'habitude qu'elle avait d'empiler sur moi, à leur âge, tout le peu qu'elle pouvait se permettre. Des couleurs vives, de bonnes chaussures, les cheveux toujours bien coiffés, les raies belles comme des prières : comme pour dire au monde, avant de m'envoyer à sa rencontre, Prenez soin de cette enfant, cette enfant est aimée.

Papa Yahya a récupéré une brassée de livres dans la section Premières lectures, tous à propos de la longue et édifiante vie de Thomas Jefferson. Je l'ai entendu dire, *Il faut qu'ils connaissent cet homme. Cet homme grand et bon.*

À notre réveil le temps avait changé. À notre réveil des vents funestes fouettaient nos corps, le ciel immense au-dessus de Knox et moi se transformait en boue grise. Les vents faisaient grincer les cimes des arbres et aplatissaient les brins d'herbe à quelques centimètres de mon visage. Bien calée dans ses deux fauteuils rembourrés de vêtements, MaViolet a ouvert les yeux. En m'approchant d'elle, j'ai vu quelques mèches éparses flotter autour de son visage couleur camomille. Elle peinait à redresser un genou, puis l'autre. Les chutes barométriques réveillaient toujours son arthrite. Son «Arthur», elle appelait ça. Je me suis penchée vers elle.

Tout va bien, MaVi ?

Faut bien, a-t-elle dit alors que je passais mes bras autour d'elle pour la soutenir pendant qu'elle se levait.

Je voulais dire quelque chose pour l'aider. J'allais dire,

On va se mettre à l'intérieur, en indiquant soit le café, soit le musée. Au lieu de ça, une longue bourrasque est venue gonfler mon tee-shirt flambant neuf trouvé dans la boutique, et s'est engouffrée dans le peignoir de MaViolet, qui s'est déployé comme une voile de bateau dans son dos.

J'ai dit, *Il est temps de monter à la maison.*

Peut-être plus que temps, ma petite-fille.

Alors j'ai su. Nous allions monter. Nous irions là-haut.

Près de la terrasse du café, Carol distribuait des barres de granola, du chocolat et des noix. Ms Edith demandait à Ezra de sortir une nouvelle caisse d'eau. Postés sous l'avant-toit, les gens grommelaient contre le vent, mâchonnant et surveillant les nuages. Les récentes tempêtes nous avaient tous rendus profondément méfiants à l'égard du ciel.

La maison, disais-je, passant d'une table à l'autre. *Je pense qu'il va falloir monter se mettre à l'abri de la tempête.* Ira s'est débarrassé de quelques miettes au coin de sa bouche, et Mama Yahya a souri au visage de son bébé gazouillant. Papa Yahya a repris ma suggestion pour en faire une affirmation chantante : *On va monter à la maison !* Jobari et Imani reprenaient en chœur. *À la maison !*

Mr Byrd a scruté le ciel entre les cimes des arbres, et ses cheveux soufflés par le vent l'auréolaient d'une nuée d'orage argentée. Quand il a annoncé à Georgie ce que nous prévoyions de faire, ce dernier s'est mis à se balancer nerveusement. *Mais… Mrs Dandridge a dit…* Sauf que cette fois Mr Byrd lui a rétorqué assez fort pour qu'on l'entende tous, *Écoute, Georgie, je me fiche pas mal de ce que Mrs Dandridge a dit. Mrs Dandridge est partie avec ses molosses, tu te rappelles ? Et nous, nous sommes ici.*

Mais on nous a dit de protéger la maison, a répondu

Georgie d'un ton de supplique, mais Mr Byrd l'a attrapé par ses épaules affaissées et lui a dit, *Tu n'as pas entendu ce qui est arrivé à tous ces gens ? N'oublie pas que c'est à moi que Mrs Dandridge a remis les clés. Tu es bien gentil, George, mais il est peut-être temps que je te laisse partir…* Le menton de Georgie s'est affaissé et je n'ai rien compris à ce qu'il a dit ensuite. Mais j'ai vu comme sa poitrine se froissait et comme ses mots, quels qu'ils aient été, s'étranglaient. Sa réaction m'a fait imaginer qu'hors de Monticello il devait mener une vie très solitaire. Un cabanon en lisière d'une propriété, peut-être. J'ai eu de la peine pour lui – je voulais lui dire que je savais, moi aussi, ce que c'était que la perte.

Je… je peux rester, a dit Georgie en chassant ses larmes. *Je peux aider !*

Un temps, le vent est retombé, soufflant comme à l'intérieur d'un coquillage.

Knox aidait Ms Edith à la préparation du repas quand je me suis approchée de lui pour dire, la main sur son épaule, *Je reviens tout de suite.*

Seule, je me suis dirigée vers le Jaunt, toujours garé en travers de la route en boucle. Je n'y avais pas mis les pieds depuis que nous étions arrivés. J'ai crié, *Salut !* par la porte ouverte, forçant mes jambes à monter les marches, me penchant à peine vers l'intérieur. *Hey !*

Il y avait une petite déchirure sur le siège conducteur. L'intérieur du bus sentait l'humidité et les odeurs corporelles accumulées avec le temps, les nôtres aussi sans doute. Mon regard a ricoché sur les vitres arrière cassées, mais je n'ai vu personne. J'allais m'en aller, mais la marche du haut a grincé sous mes pieds.

Devin a émergé du fond d'une banquette, l'allure leste, la chevelure sombre en turban sur la tête.

Elijah, deux rangs derrière de l'autre côté de l'allée, a sauté sur ses pieds. Ses pieds démesurés, chaussés de baskets montantes, plantés au milieu du couloir. Il a frotté ses yeux lourds de sommeil.

J'ai dit, *J'attends dehors.*

Quand Devin a descendu les marches du bus un instant plus tard, il a parcouru du regard l'entrée du domaine, puis le parking. Il a dit, *Tout va bien ?* Et il a accueilli mon hochement de tête fatigué sans que ses yeux ne glissent même sur les miens, scrutant le ciel orageux du matin. Il avait mis un tee-shirt propre, a croisé les bras sur sa poitrine. Elijah est sorti d'un bond par la porte arrière et s'est éclipsé. Devin s'est alors adossé contre le Jaunt, et moi j'ai eu envie de lui dire enfin quelque chose de sincère.

J'ai dit, *Merci, vraiment, pour ce que vous avez fait. Pour nous tous. Je veux dire, dans First Street.*

Elijah est revenu taxer une clope à Devin.

Vous pensez qu'elle va être aussi méchante que les autres ? a-t-il demandé, en regardant le ciel par-delà des arbres. Bien sûr, il n'y avait aucun moyen de savoir. Je leur ai annoncé qu'il était question de monter jusqu'à la maison. J'ai mis ça sur le compte des personnes âgées, des enfants. Qui ne devraient pas rester dehors par un temps pareil.

Devin regardait partout sauf vers moi. J'ai osé jeter un coup d'œil à son visage, à la dérobée. J'ai dit, *Vous devriez venir aussi.*

Elijah a ricané, et Devin a fait glisser son Zippo au creux de sa paume. Je me balançais d'un pied sur l'autre dans mes baskets sales, me préparant à partir. J'ai dit, *En tout cas, nous on monte.*

Mr Byrd nous guidait ; sur le sentier où nous progressions, il marchait en s'appuyant sur une branche à l'extrémité noueuse. Large et bordé d'arbres, ce chemin promettait de nous mener à la belle demeure de plantation, celle dont Thomas Jefferson avait lui-même dressé les plans il y a plus de deux siècles, avant d'en confier la construction à ses esclaves. Nous avions quitté le patio par la sortie côté musée, descendant une volée de marches où une statue grandeur nature de Jefferson s'élevait d'un palier, étincelante de reflets métalliques, non loin de l'endroit où je me postais naguère pour inspecter les sacs des touristes. Nos pas dans les galets pâles faisaient un bruit chuintant.

Des gouttes de pluie commençaient à s'écraser sur nos têtes, ici et là, mais le feuillage au-dessus en absorbait le plus gros. Mr Byrd avait troqué son polo rouge groseille contre un tee-shirt à motifs fantaisie choisi à la boutique et reproduisant le texte manuscrit de la Déclaration d'indépendance. Tandis qu'il marchait en tête du groupe, les mots de Thomas Jefferson ondulaient dans son dos : *Nous tenons pour évidentes par elles-mêmes les vérités suivantes : que tous les hommes sont créés égaux.*

Nous avions pris avec nous tout un tas de choses. Ms Edith avait attaché à ses bras des sacs fourre-tout remplis de victuailles, de semences et de thé. Carol et Ira avaient chacun une poule dans les bras, et lui portait en plus sa sacoche maintenant pleine à craquer. Ezra transportait une lourde caisse de bouteilles d'eau ; et KJ lui emboîtait le pas, traînant sa valise vert pois dans la caillasse comme si elle était montée sur roulettes. Knox avait sa sacoche à bandoulière, désormais remplie de provisions. Nous donnions le bras à MaViolet, lui d'un côté et moi de l'autre, marchant avec elle à son rythme. Au-dessus de ses bas de contention, je voyais apparaître à chaque pas les rotules nues et lisses de ses genoux. Lors de sa dernière année de lycée, elle avait été majorette en chef, défilant sur le terrain de sport avec de hautes bottes blanches et un uniforme aux épaulettes dorées. En ce temps-là, m'avait-elle raconté un jour, elle lançait le bâton très haut et le rattrapait immanquablement, à force de s'être entraînée sans relâche. Et maintenant elle trébuchait sur ce chemin, péniblement. Il était plus raide que dans mon souvenir, et des ravines couraient tout du long, creusées de part et d'autre pour recevoir les eaux de ruissellement. Ses pantoufles de laine ne cessaient de se remplir de petits cailloux. Régulièrement, je l'aidais à les vider.

D'après Mr Byrd, il y avait encore sur le parking au moins une navette que nous aurions pu utiliser pour faire monter MaViolet. Mais toutes les batteries de secours étaient à plat, à cause de Mrs Dandridge qui, juste avant de partir, s'était mise à zigzaguer d'un bout à l'autre du domaine, diligentant les derniers ouvriers présents pour qu'ils laissent toutes les installations en place, et fassent tourner les groupes électrogènes, comme si ce brillant numéro d'illusion de normalité allait pouvoir faire revenir le monde d'avant.

Sur un tronçon du chemin, nous pouvions voir en contrebas la route déserte par laquelle nous étions passés avec le Jaunt quelques jours plus tôt. Nous pressions le pas pour éviter la pluie, mais quand nous avons vu la route et la voie d'accès bloquées, nous avons accéléré encore davantage. LaToya marchait à grandes foulées dans ses claquettes en caoutchouc mousseux. Ms Edith soufflait comme un bœuf, nommant entre deux respirations haletantes tout ce qui poussait aux alentours. Ira, prenant appui sur un arbre au milieu du chemin, a demandé si c'était encore loin. J'entraînais MaViolet en avant, si vite que Knox m'a suggéré de ralentir, un tout petit peu.

La tempête, ai-je dit pour expliquer ma hâte, invoquant la plus immédiate de mes inquiétudes. J'aurais voulu que Devin et Elijah nous aient accompagnés, mais ils étaient restés au pavillon d'accueil « pour faire le guet » avec Georgie, qui venait de ressusciter une vieille paire de talkies-walkies dont les gardiens devaient se servir avant notre arrivée.

Plus haut, je voyais qu'il y avait un virage, puis un petit escalier menant au cimetière. Quand je travaillais à Monticello, les navettes s'arrêtaient juste en bas, afin que les touristes puissent contempler la pierre tombale en forme d'obélisque de Thomas Jefferson. Le chemin que nous empruntions passait également devant ce cimetière, entouré d'une clôture de fer forgé noir, et sous nos pas les gravillons devenaient une mosaïque de tommettes serrées. Nous nous sommes arrêtés devant le portail verrouillé, où un panneau noir et or souhaitait la bienvenue aux descendants de Jefferson et refoulait les intrus. Nous contemplions, à travers les barreaux à pointes fléchées, les rangées de pierres tombales, dont beaucoup étaient gravées du patronyme « Randolph ». Puis, d'un pas toujours aussi vif, nous avons repris notre marche pour traverser un haut pré au creux d'un maigre couloir d'arbres filiformes. J'ai dit, *MaVi, on y est presque.*

Plus haut encore, à la sortie du bois, la tempête semblait se rapprocher. Le vent se cabrait, s'acharnait dans notre dos. Nous gardions les yeux baissés, même si, sur la droite, nous apercevions les treilles qui délimitaient le haut du vaste jardin potager. Droit devant nous se dressait le premier d'une série de lieux commémoratifs de l'esclavage. Les ruines calcinées d'une cheminée. La reconstitution d'un cabanon en rondins de bois grossièrement taillés. Une parcelle de terre nue, signalée par le plus petit panneau imaginable, sans le moindre vestige de construction : HABITATION D'ESCLAVES. En pente douce sur la droite, nous pouvions voir l'ensemble du jardin avec ses rangées de plantations séparées par des allées de terre ocre-brun, comme les sillons dans la coiffure de LaToya. Cette portion de chemin de terre s'appelait Mulberry Row, nous a dit Mr Byrd. Quand il a prononcé le nom, ça m'est revenu. Des esclaves avaient travaillé ici, forgeant des clous, tissant des étoffes.

Tout ce qui se trouvait au sommet de cette colline, ce matin-là, m'a semblé neuf, comme transfiguré par rapport aux quelques occasions que j'avais eues de venir sur le site auparavant, en excursion scolaire ou pour travailler. Jusque-là, il y avait toujours eu une certaine distance, un mur entre ce qu'était Monticello et ce qu'était ma vraie vie. Ma vraie vie, c'était maman, MaViolet, mes amis. Ma vraie vie, c'était l'école et ma détermination à faire un jour quelque chose qui compte. Agir pour les autres, et surtout pour les gens comme ceux avec qui j'avais grandi, trop souvent sous-estimés et dévalorisés. Dans ma tête je rangeais la vraie vie à un endroit bien précis et la vie imaginée de mes ancêtres à un autre, un endroit secret, comme une pièce aveugle. Maintenant, ma vraie vie partait en éclats et en fumée derrière moi. Maintenant, ma vraie vie c'était ça. Dans la montée, je me sentais de nouveau osciller entre pesanteur et légèreté, entre Momma qui reniait cet héritage douloureux et MaViolet qui le considérait avec circonspection.

Des bourrasques de pluie s'abattaient, cinglant la peau. Nous faisions le gros dos. Les enfants couraient devant. En haut des marches, sur la gauche, commençait la longue promenade en L de la terrasse Sud, où, au niveau du coude, se trouvaient les dépendances transformées en loges d'exposition. Et en surplomb, le grand dôme blanc de Monticello, celui des pièces de cinq *cents* que j'empilais sur ma commode quand j'étais enfant. Mr Byrd nous a conduits vers l'entrée Est : c'est par là que nous serions arrivés, en calèche ou en navette, si nous avions été des invités de marque.

Nous nous sommes dépêchés de gagner le perron Est, pour semer le gros des trombes menaçantes. J'ai quand même eu le temps de profiter d'une vue d'ensemble de la demeure, avec ses belles briques et ses fenêtres à deux niveaux, encadrées de volets verts. Le quatuor de colonnes couleur sable, soutenant le triangle blanc vif du fronton au-dessus. La girouette sur le toit penchait un peu mais, pour le reste, le bâtiment était le même, comme si rien n'avait changé ou ne changerait jamais. Je n'ai pas pu m'empêcher d'imaginer des mains noires plongeant dans le mortier. *Notre Monticello.* Les mots sont montés tout seuls tout bas du fond de ma gorge, écartant à peine mes lèvres pour s'en échapper.

VI

Nous avons gravi quelques marches de pierre, nous arrêtant sous le perron Est pour reprendre souffle. Depuis cette entrée, toutes les traces fâcheuses de l'esclavage étaient cachées sous la côte que nous venions de monter à grand-peine. Le jardin de l'esplanade semblait en friche, des jets de graminées hautes s'y élançaient d'une nappe d'herbe touffue. J'ai imaginé ma maman de huit ans attendant à l'arrêt de la navette, là-bas derrière les tilleuls.

Entrons.

Je suis allée m'appuyer à la colonne près de moi, jambes flageolantes, me sentant à nouveau vacillante maintenant que nous étions arrivés. Et là, sous les hurlements du vent, j'ai entendu gémir un râle creux. Le son provenait de MaViolet. Les traits de son visage s'étaient tendus. Elle serrait mon bras, si fort que moi aussi je sentais ma poitrine se contracter.

Ignorant les rafales de pluie oblique, Knox et moi l'avons emmenée s'asseoir sur le banc en bois du bord du perron. Tout le monde s'est alors amassé autour d'elle, la regardant chercher sa respiration, en vain.

Qu'est-ce qu'elle a la dame ? a demandé Imani en tirant sur la jupe de sa mère.

Aidez-la donc ! a dit Ira.

Ms Edith pressait ses paumes l'une contre l'autre. *Seigneur, prends pitié.*

MaViolet avait parfois eu ce genre de crises d'essoufflement quand j'étais plus jeune, et elles étaient revenues de plus en plus souvent ces dernières années. Mais avant le démantèlement, nous pouvions au moins appeler son médecin ou les urgences. Elle serrait toujours mon bras et, de son autre main, elle se tenait la poitrine, comme pour se bercer. Prise de panique, je me suis spontanément agenouillée à ses pieds. Je la regardais dans les yeux et j'inspirais fort, délibérément, comme si faire cela pouvait suffire à lui donner mon souffle ou à ramener en elle le même flux d'air. Puis, confuse, je me suis souvenue, et j'ai plongé la main dans ma poche pour y attraper l'objet qu'elle ne trouvait pas dans la sienne. Mes mains agitées de tremblements ont débouché son inhalateur, je l'ai secoué, puis l'ai porté à ses lèvres entrouvertes.

Car tu es ma forteresse, mon refuge dans les moments difficiles, a dit Ms Edith.

Pendant que MaViolet respirait dans l'inhalateur, je me suis redressée pour attraper la sacoche à l'épaule de Knox, avec en tête une interrogation dont je connaissais déjà la réponse. Mais j'ai quand même fouillé dans ses affaires comme si elles étaient aussi les miennes, comme si je venais de me rappeler ce dont j'avais le plus besoin : ce sac en plastique que l'infirmière m'avait remis d'un air contrit à la dernière visite de MaViolet chez son pneumologue. Et bien sûr, il n'y était pas.

Toujours agenouillée, j'ai levé les yeux vers le visage de miel de ma grand-mère. Lentement, la couleur revenait à ses joues. J'ai dit, *On est arrivés à la maison.*

Autour de nous, la pluie tombait dru et sans relâche.

Attention à la marche, a dit Mr Byrd. *On va l'installer à l'intérieur.*

Pénétrer dans Monticello ce jour-là, c'était comme briser un sceau, saluant notre souffle d'une bouffée d'air chaud et stagnant. Nous nous sommes avancés dans ce vaste hall d'entrée, derrière sa façade de vitres, et je sentais le corps de MaViolet tout léger contre le mien.

Pour commencer, j'ai déplacé un obstacle près de la porte – un support en bois à mi-hauteur, reliant les deux extrémités d'un cordon long comme un bras qui barrait l'accès à un coin de la pièce. Certains des sièges étaient lacés de rubans tendus, ce qui empêchait de s'y asseoir. J'ai demandé à Mr Byrd de me passer un outil tranchant qu'il avait à la ceinture, et je m'en suis servie pour couper un ruban, puis un autre. MaViolet s'est assise sur le premier siège ainsi libéré.

Elle a dit, *Ma petite-fille.*

J'ai dit, *MaVi, je suis là.*

Elle a laissé sa tête partir en arrière, les yeux fermés. J'entendais sa respiration s'apaiser, comme chaque fois, et ma panique en même temps s'atténuait. Sa poitrine, dénudée au creux de son peignoir, se soulevait et s'abaissait, et peu à peu son visage s'inondait d'un éclat d'euphorie nouvelle. J'ai dit, *Ça va aller !* en la serrant dans mes bras.

Cette grande entrée contenait tant de choses ; et à cet instant, elle nous contenait aussi. Tout en haut, à ma droite, un ensemble de trophées sombres se détachaient sur le mur, des bois de wapiti ou d'orignal montés sur potence. Sur le mur opposé, un butin d'objets pillés aux peuples autochtones : une hache, un carquois, une paire de mocassins qui avaient dû autrefois chausser des pieds, un bouclier orné de plumes en son centre – venant du peuple sioux lakota, m'a plus tard appris Mr Byrd. Il y avait aussi des bustes en marbre blanc, et la sculpture d'une femme aux courbes drapées. Il y avait une énorme mâchoire de mastodonte brunie par les âges. Une juxtaposition d'objets conçue, semblait-il, par une personne dotée de grandes aspirations et qui se tenait en très haute estime.

Papa Yahya est revenu sur ses pas pour se déchausser à la porte. *Kweli, kweli*, disait-il tout bas, en rangeant ses chaussures bien comme il faut près de l'entrée, l'allure étonnamment solennelle dans ses chaussettes brunes à mi-mollets et son bermuda. Mama Yahya a pressé ses enfants de se déchausser à leur tour, et KJ a fait de même. Mr Byrd se tenait sur le seuil, regardant l'orage éclater de l'autre côté des immenses portes-fenêtres.

MaViolet m'a poussée doucement vers l'intérieur, une main sur ma hanche.

Pendant les visites que j'avais pu faire à Monticello par le passé, je gardais toujours la tête basse, les mains près du corps. Cette fois, j'ai fait courir mes doigts sur le dossier du siège de MaViolet ; le bois peint était légèrement huileux au toucher. J'ai traversé la pièce pour aller vérifier la solidité des marches inférieures d'une échelle déployée jusqu'à une série de poids suspendus à la grande horloge de Jefferson, qui surplombait cette vaste entrée.

Toute cette machinerie – la nécessité d'un tel effort pour la remonter – semblait évoquer le passage laborieux du temps. Quand l'horloge était remontée, une corde tendue par ces poids en forme de boulets de canon descendait lentement le long d'un mur, révélant les jours de la semaine, qui s'inscrivaient à intervalles réguliers du plafond jusqu'au fond d'un trou dans le sol. J'ai regardé dans la cavité : on était samedi depuis un certain temps.

Ce matin-là, les yeux levés vers la grande horloge, je me suis donné pour tâche de rendre compte de ces jours à Monticello, pas seulement pour dire ce qui s'y passait mais aussi pour en faire l'énumération.

Mr Byrd a refermé la porte d'entrée alors que notre petit groupe commençait à se disperser. Ezra, l'air égaré loin de son jumeau, s'est dirigé vers les doubles portes donnant sur le salon, conçues par Jefferson pour s'ouvrir en tandem. Ira et Carol se sont précipités vers l'aile gauche de la maison tandis que les Yahya et KJ s'en allaient du côté opposé, dans les chuchotements surexcités des enfants. LaToya, toujours vêtue de son ample tee-shirt doré, emboîtait le pas à Ms Edith et Mr Byrd. Finalement, seul Knox est resté à mes côtés, alors que MaViolet se reposait sur le siège derrière nous. J'ai traversé la pièce jusqu'à un mur où était exposée une carte de l'Afrique. En silence, Knox m'a rejointe et nous sommes restés à la contempler, épaule contre épaule. Ses proportions semblaient assez exactes – des courbes topographiques sinuaient tout le long du littoral – mais le centre du continent avait été laissé absurdement vide. Je me suis déplacée vers la carte de la Virginie, placée à quelques pas de là, sans délimitations extérieures et entièrement sillonnée de lignes méticuleuses. Non loin, un portrait peint de Thomas Jefferson a attiré mon regard, reluisant dans son cadre doré. Je me suis hissée sur la pointe des pieds pour mieux examiner son visage : ses joues rouges et ses cheveux gris aux reflets ambrés. Dans notre dos, le vent ou la pluie tambourinait aux vitres.

N'est-ce pas étrange, a dit Knox derrière moi, *de nous retrouver – de te retrouver – ici ?*

Knox connaissait déjà l'histoire complexe de mon ascendance. Je lui en avais parlé à son retour des vacances de printemps, après qu'il avait rendu visite à sa famille et avant que tous les réseaux ne s'effondrent. Nous étions tous les deux allongés dans le lit de sa petite chambre bien rangée, ma main sur sa poitrine, que je trouvais encore plus douce que la semaine d'avant. Il se confiait à moi, les mains enfouies dans mes cheveux. Tout mon corps me lancinait d'une sorte de désir coupable, le désir de mettre de la distance entre notre relation et ce qui s'était passé avec Devin en son absence. *Je crois que mon père me déteste*, avait dit Knox en enfouissant son visage dans mon cou. Le ventilateur vrombissait à la fenêtre au-dessus de nous ; jamais nous n'aurions pu imaginer que l'électricité serait bientôt coupée. *Il n'a même pas voulu me regarder*, a dit Knox, et dans un élan désespéré de consolation, j'ai laissé échapper : *Tu savais que mon deuxième nom est Hemings ?* Puis, *Tu sais qui était Sally Hemings ?*

Knox a levé la tête pour regarder intensément mon visage. *Mais oui, je sais.*

Ce jour-là, Knox a accueilli mon annonce avec calme, comme si je venais de lui réciter les chiffres d'un nombre naturel, une chose claire et délimitée. Le détachement de sa réponse, rassurant, m'a laissée penser que j'avais bien fait de m'être confiée à lui.

Il a dit, *C'est plutôt cool.*

Sous ce portrait de Jefferson j'ai d'abord repris mes esprits avant de répondre à Knox. Je lui ai dit, *C'est fou de se retrouver ici.*

Dans ma tête, j'ai passé en revue les règles que nous avions inscrites sur le papier parcheminé au pavillon d'accueil. Certes nous n'abîmerions rien pour le simple plaisir d'abîmer, mais nous n'étions pas venus en touristes. J'ai coupé tous les rubans et tous les cordons de cette première pièce avec un mélange de soulagement et d'indignation. Nous étions à l'abri de la tempête, et MaViolet respirait – mais ces pièces étaient intactes, contrairement à nos maisons qui, elles, avaient été traitées comme du petit bois à brûler. À l'étage, j'entendais le bruit des pas de KJ pieds nus, comme un appel auquel répondait le son lourd et mat des glissades en chaussettes des petits Yahya. D'un seul coup, ils sont apparus tous les trois sur le palier, le long d'une rampe drapée de peaux de bêtes, avec leur père qui les rappelait à l'ordre quelques pas en arrière.

Ce premier jour, nous avons visité presque toutes les pièces. Nous sommes montés par d'étroites cages d'escalier vers la chaleur toujours plus écrasante des étages, puis nous en sommes redescendus. À l'époque de Jefferson, ces escaliers étaient empruntés par des esclaves comme par des hôtes illustres, sans que jamais les regards ne se croisent, j'imagine ; les uns, toujours les mêmes, baissant les yeux devant les autres. Nous avons fait le tour de la majestueuse salle en rotonde sous le dôme, avec sa coupole blanche au-dessus, et ses larges fenêtres circulaires comme une ronde d'yeux grands ouverts. De là-haut, le ciel semblait si proche, comme s'il n'était rien de plus qu'un dôme plus vaste encore, fait de vent, de nuages et d'eau. J'ai pensé à Devin : était-il à l'abri de la tempête et en sécurité, là-bas tout en bas ? Allait-il nous abandonner pour redescendre en ville, ou ailleurs ? Me détestait-il, à présent ?

Au deuxième étage, nous avons circulé à travers plusieurs chambres, chacune ayant sa dominante de couleur ou de motif, avec un genre de lit haut, parfois surmonté d'un baldaquin. Nous avons trouvé un certain nombre de tapis de couchage et de draps, le tout disposé selon un semblant de vie domestique, puis nous les avons distribués aux uns et aux autres, pas pour faire semblant cette fois. Dans le dédale des lieux nous sommes tombés sur une chambre d'enfant au plafond bas, contenant un lit gigogne, un berceau et un ensemble de poupées en porcelaine – bientôt les enfants Yahya y dormiraient, tandis que leurs parents occuperaient la pièce voisine. Tout avait été soigneusement décoré avec des objets du quotidien – une tasse à thé, une brosse à cheveux, une longue robe bleue, une paire de pantoufles en laine – comme dans une pièce de théâtre.

De retour au rez-de-chaussée, nous avons exploré le salon, la salle à manger et une autre chambre dotée d'une cheminée. Pour finir, nous avons traversé la suite chaotique des appartements privés de Jefferson : sa bibliothèque et son cabinet de travail encombrés de livres poussiéreux et de petits appareils rutilants. L'espace au sol était occupé par un tel labyrinthe de bureaux et de sièges qu'il était difficile de se déplacer. Les murs étaient troués de grandes fenêtres, par lesquelles Jefferson devait sans doute contempler tout ce qu'il pensait posséder. Knox et moi accompagnions MaViolet à travers toutes ces pièces.

Elle a dit, *On est venus ici, l'autre fois.*

Ce jour où ils sont venus te chercher pour le rassemblement, MaViolet ?

MaViolet a touché le dossier haut d'un siège rouge. *On a eu droit au grand tour.*

Après cette première visite à Monticello, on avait demandé à MaViolet si elle accepterait de participer à un ou deux événements en ville, dans le cadre d'une série de manifestations officielles. Je l'avais accompagnée une fois, l'automne précédent, à une table ronde organisée par la bibliothèque municipale. Je l'observais depuis le premier rang alors qu'elle se tenait assise en habits du dimanche à la marge d'un groupe d'autres descendants d'esclaves de Monticello. La discussion était centrée sur une vente aux enchères que la famille Jefferson avait organisée en 1827, à la demande de l'ancien président pour tenter de préserver le domaine après sa mort. Entre autres choses, plus de cent personnes noires y avaient été vendues afin de rembourser la dette qu'il avait accumulée au cours de sa longue et confortable vie, et afin de conserver les terres au patrimoine de sa progéniture blanche. À cette table ronde, un descendant noir en gilet et boutons de manchette racontait avoir passé de nombreuses années à retracer l'histoire de sa famille. Il avait un conseil à donner : quand vous contactez une personne blanche à laquelle vous pourriez être lié par le sang ou par l'esclavage, ne lui dites pas que vous êtes noir, pas avant la fin de votre conversation téléphonique.

Dès que vous leur direz que vous êtes noir, neuf fois sur dix ça mettra fin à leur curiosité initiale. Le plus souvent, c'est là qu'ils vous raccrocheront au nez. Et parfois, juste avant de raccrocher, ils vous demanderont, Qu'est-ce que vous me voulez ?

Cet homme avait parlé de l'un de ses ancêtres, un ancien esclave affranchi, venu à la vente aux enchères des Jefferson dans l'espoir d'acheter l'émancipation des membres de sa famille. Sauf qu'il lui était impossible de les acheter tous. Qui acheter ? La femme ou le fils ? Et qui regarder partir, vendu au coton, à l'oubli, et bien pire ? En l'écoutant, je m'étais efforcée de ne pas penser à ce que cela aurait pu être d'avoir à choisir entre Momma ou MaViolet. De me retrouver moi-même sur l'estrade des enchères, à faire face à la perte de tout ce que je connaissais, de tous ceux que j'aimais.

C'était le printemps, quand je suis venue l'autre fois, a dit MaViolet. *Il y avait des tulipes.*

Nous avons conduit MaViolet jusqu'à la chambre à coucher de Thomas Jefferson, avec Mr Byrd juste derrière nous, fermant la marche. De grands murs bleus, une table de nuit et un lit haut en alcôve. Encastré dans le mur entre la chambre proprement dite et le cabinet de travail, ce lit étonnant était garni de chaque côté de rideaux montés sur tringles, qui servaient à séparer les deux pièces. Mr Byrd nous a expliqué que ce lit avait été conçu spécialement pour Thomas Jefferson après la mort de sa femme Martha. Mr Byrd a tiré les rideaux entièrement.

Knox et moi avons escorté MaViolet vers le lit, recouvert de draps blancs empesés. Un quatuor d'oreillers en occupait la tête, et un édredon le pied.

Allonge-toi ici, MaVi. J'ai dit ça, et c'est sorti comme une question, comme si j'étais en train de demander à quelqu'un de m'accorder une permission.

MaViolet s'est retournée pour examiner la pièce – les miroirs aux cadres de laiton et ce petit tableau représentant une femme blanche nue accompagnée d'un chérubin. La lucarne au-dessus d'elle, qui aurait eu l'air d'une fenêtre ordinaire, si n'était son étrange emplacement au plafond. Le bassin de nuit immaculé à ses pieds. Elle a passé la main sur le drap, avant de lever un genou et de s'allonger de tout son poids sur le lit. Nous l'avons aidée à s'installer, calant les oreillers entre son dos et le mur pour qu'elle puisse mieux respirer. Sur le mur en face, une horloge à obélisques était suspendue entre une épée et deux pistolets d'aspect ancien.

Je pourrais dormir pendant des jours, nous a-t-elle dit.

Laissant MaViolet à son repos, Knox et moi avons repris notre exploration des lieux. Interpellant le reste du groupe à travers la maison, y déambulant les uns à la suite des autres jusqu'au dernier niveau du bas. La cage d'escalier était si raide et exiguë qu'un panneau à mi-chemin mettait en garde les visiteurs : ATTENTION À LA TÊTE. En bas, l'air était plus frais et plus humide. La clarté si ténue qu'il nous a fallu ralentir le pas afin de laisser à nos yeux le temps d'accommoder.

Au sous-sol, un passage reliant les dépendances et praticable par tous les temps permettait jadis aux esclaves d'accéder à la maison sans être vus, nous a expliqué Mr Byrd. Ce tunnel abritait des caves et un vaste récipient cylindrique servant de glacière. À l'une des extrémités du passage souterrain, il y avait des toilettes modernes installées pour les touristes, et d'anciens cabinets d'aisances – où bientôt nous poserions un miroir, des carrés de tissu et un seau d'eau pour notre usage personnel.

Nous avons parcouru de long en large l'exposition du sous-sol, peuplée de figures grandeur nature représentant certains des esclaves de Monticello – des cuisiniers, majordomes et nourrices aux noms connus, qui avaient servi la famille Jefferson dans son intimité. Puis Mr Byrd nous a distribué quelques lampes torches pour nous emmener au fin fond de la maison dans une seconde bibliothèque d'aspect banal, remplie d'ouvrages de référence. Une pièce sans âge, aux sièges dépareillés, comme meublée par des trouvailles faites en brocante de charité. Elle ressemblait davantage à celles que nous avions été contraints d'abandonner en ville. Un à un, nous sommes entrés là, et pour la plupart nous avons trouvé de quoi nous asseoir.

Mr Byrd a parlé dans son talkie-walkie. Un crachouillis de parasites sur la ligne, puis la voix mesurée de Devin qui lui répondait : en bas, tout était calme.

Je balayais les chaises et les livres du faisceau de ma lampe torche ; le hasard a fait qu'il s'est posé sur une photographie de la taille d'une affiche, accrochée sur le mur du fond dans un cadre bon marché et de travers. Vers le centre de l'image, je jure avoir aperçu une réplique de mon propre visage, en plus clair et plus large mais tellement familier, comme une projection de moi dans le futur. J'ai regardé encore et c'était, pour de vrai, le visage de MaViolet. Sur la photo, elle avait l'air en meilleure forme : elle se tenait sur les marches du perron Ouest, sous le dôme de Monticello. Coincée au milieu d'une rangée, avec beaucoup d'autres personnes à la peau noire et quelques-unes à la peau plus ou moins claire. Sur l'image, elle portait un petit bibi orné d'une couronne de plumes mauves. Ils avaient dû prendre cette photo lors de sa venue au printemps précédent.

Ms Edith se tenait près de la porte. Elle a dit, *Dites, ce ne serait pas notre Violet ?*

Carol caressait la poule sur ses genoux, comme un chat. *C'est vrai ça qu'il y a un petit air…*

Mr Byrd a expliqué que cette photo représentait certaines des familles connues de la communauté noire de Monticello. Les descendants des esclaves, plus de six cents au total, dont Jefferson avait été le propriétaire au cours de sa vie. La plupart avaient vécu quelque part sur la plantation, quelques-uns près de la maison et le reste sur les vastes terres du domaine s'étendant plus bas. Parmi les personnes présentes sur la photo se trouvaient quelques-uns des arrière-arrière-arrière-petits-enfants noirs de Thomas Jefferson, ceux qu'il avait engendrés avec mon homonyme, une jeune esclave dont il était également le propriétaire. Quand Mr Byrd a dit cela, j'ai senti tous les regards se tourner vers moi, démasquée par cette image pleine de grain. À présent, ils plissaient les yeux vers moi dans la pénombre, comme si les traits ombreux de mon visage pouvaient leur apporter quelque éclaircissement. Mr Byrd a baissé le menton, et j'ai compris qu'il me demandait silencieusement de qui nous descendions, MaViolet et moi. Tout bas j'ai dit, *Sally Hemings*, après avoir tourné et retourné ce nom dans ma bouche. *Mon deuxième nom est Hemings.* Je leur ai dit ça comme je l'avais dit à Knox, qui serrait ma main dans la sienne, si fort que j'avais l'impression de sentir le sang battre au bout de mes doigts. Et le ventre noué, j'ai dit encore : *Mon nom est Da'Naisha Hemings Love.*

Momma m'avait-elle donné ce deuxième nom à contrecœur ou par défi ? Qu'étais-je censée faire de ces ancêtres, me suis-je demandé alors. Et que feraient tous ces gens de moi et de MaViolet, maintenant qu'ils savaient ? Allaient-ils nous considérer comme plus dignes, ou moins dignes, nous sachant descendantes d'un père fondateur et d'une esclave ? Mais quelle importance tout cela avait-il encore ?

J'ai regardé le petit visage réjoui de MaViolet sur l'image.

J'ai dit, *Nous sommes des descendantes.*

Quand j'ai dit ça, Ezra a fait, *Bon sang !* et Carol, pour une raison que j'ignore, s'est mise à applaudir lentement. Sans doute qu'à ce moment-là je lui ai jeté un regard parce qu'elle s'est arrêtée net en gardant les mains jointes. Papa Yahya, dubitatif, s'est approché pour inspecter la photo en tchipant. Il a demandé, *Mais comment vous le savez ?*

Il y avait des histoires transmises de génération en génération et des faits qui en attestaient la véracité, des rumeurs et des témoignages écrits remontant à l'époque même de Jefferson. Il y avait eu une commission d'enquête et une contre-commission d'enquête, ainsi qu'une analyse ADN reliant les descendants connus de Jefferson à l'un des descendants connus de Sally Hemings. Mais surtout, j'avais eu connaissance de mon ascendance comme la plupart des familles avaient eu connaissance de la leur : je le savais parce que Momma me l'avait dit, et parce qu'avant cela MaViolet le lui avait dit.

Et moi je leur ai dit, *Quelqu'un de Monticello a appelé ma grand-mère.*

Je pensais que Papa Yahya allait continuer à me questionner, ou froncer les sourcils comme j'avais imaginé l'institutrice de Momma le faire. Mais au lieu de cela, il a hoché la tête avec aménité et d'un air impressionné. Comme si la parole d'un seul membre du personnel de Monticello suffisait à lui faire admettre le bien-fondé de ma déclaration.

J'aurais peut-être pu en dire plus, mais sur ces entrefaites Jobari et Imani se sont levés d'un bond, déployant leurs bras et leurs jambes avec excitation. *Et nos photos à nous aussi elles sont ici quelque part dans cette maison ? On va les chercher !* Ira s'est relevé pesamment de son fauteuil, un gros volatile dans les bras. LaToya, toute de rose et d'or, a décroisé ses jambes pâles. Elle a dit, *Donc en fait vous êtes comme un genre de royauté ?*

Knox tenait toujours ma main serrée dans la sienne, et moi j'avais envie de la récupérer, juste un instant.

J'ai dit encore, *Nous sommes des descendantes.*

J'essayais de garder la tête haute.

Je voulais garder la tête haute.

Ezra a répété, *Bon sang !*

Bientôt le vent s'est épuisé, éparpillant broussailles et branches à travers l'esplanade, avant de retomber. Mais la pluie continuait, alternant entre déluge et ondées agitées. Ce devait être déjà l'après-midi quand j'ai décidé de m'aventurer sur la terrasse Sud, une promenade en planches de bois qui partait en coude et se poursuivait en direction de Mulberry Row. De l'endroit où je me tenais, j'apercevais Ms Edith derrière la brume épaisse. Elle arpentait la corniche au-dessus du jardin, examinant les rangées de plantations naguère bien entretenues. Elle avait enfilé des bottes de pluie, sous un grand sac transparent transformé en poncho. Sa silhouette légère, au milieu de ce tourbillon translucide, nous criait quelque chose, à moi et Mama Yahya qui se tenait derrière sous l'avant-toit. Les bras en V au-dessus de la tête, Ms Edith nous annonçait triomphalement avoir trouvé des restes de pieds de blettes, et des pois grimpants, et une haie de mûriers. Tout ça bien sûr à moitié ravagé par la chaleur ou la pluie ou les lapins ou les oiseaux, mais quand même. À grands cris de joie, les enfants se sont précipités pour descendre la pente jusqu'aux mûriers sauvages et se farcir la bouche de pourpre. Plus tard nous trouverions des outils de jardinage et creuserions la terre pour y prendre des radis, des ignames.

Quand je me suis retournée, Mama Yahya n'était plus là, et il y avait Knox, qui me regardait. Je me suis aperçue à ce moment-là que j'avais évité de me retrouver complètement seule avec lui depuis que nous étions arrivés dans la maison. Maintenant le groupe s'était à nouveau dispersé, et il était là, seul devant une grande fenêtre ouverte, qui se hissait depuis le sol pour libérer le passage comme une porte. Knox a fait coulisser la vitre un peu plus haut. Je l'ai rejoint à l'intérieur, me baissant pour passer.

Il a dit, *Est-ce que ça va, Da'Naisha ?*

Il faisait bien trop chaud, dans cette petite pièce dominée par ses panneaux de vitres. Le sol était en ardoise, il y avait un bureau, une chaise. Et quelques pots en céramique plantés de citronniers nains, aux troncs et branches desséchés, fléchis et nus.

J'ai dit, *Ça va*, comme j'aurais pu dire, Je respire. Pour l'instant je suis vivante.

Je me disais, a commencé Knox, *on pourrait peut-être dormir dans cette chambre ?* Il a avancé la main comme pour me toucher le coude, puis s'est ravisé pour laisser faire sa voix. *C'est très lumineux ici, et pas loin de ta grand-mère… mais plutôt tranquille aussi.*

J'avais le vertige, besoin de m'allonger, mais il n'y avait pas de lit, alors je me suis ressaisie, redressée. Je tiraillais sur les bords effilochés de mon short, tous ces fils épais qui s'en échappaient. J'ai dit, *J'ai l'impression qu'un malheur va arriver. À cause de moi. À cause du fait que je nous ai conduits ici.*

Knox a balayé la petite pièce du regard. Il a dit, *C'est une bonne chose, qu'on soit venus ici. Il fallait bien qu'on aille quelque part.* J'imagine qu'il a vu que ça ne m'aidait pas vraiment, parce qu'il s'est repris, essayant de me faire voir les choses sous un autre angle. *Mon père dit que notre famille descend d'Arthur Armstrong Denny – un type qui faisait partie de ce groupe de colons qui ont fondé l'État de Washington – Ce que je veux dire, c'est qu'on en a tous, des ancêtres.*

J'ai dit, *Ce n'est pas la même chose.*

Il a dit, *Je sais*, puis il a répété, un ton plus bas, *Je sais.* Pour me signifier qu'il comprenait. *Mais tu es bien de sa famille ?*

Je lui ai répondu, *Je suis de sa famille à elle.* Et quand j'ai dit ça, je me suis demandé, Est-ce qu'elle s'était jamais sentie en sécurité dans cette maison ? *Je porte son nom à elle.*

Knox s'est accroupi près de la porte-fenêtre ouverte, se ratatinant tout entier comme jamais je ne l'avais vu. Il a dit, *Ils ont eu des enfants ensemble. Tu crois qu'il l'aimait ? Tu crois que c'est possible, qu'elle ait pu l'aimer ?*

Je voulais qu'il arrête de parler. Je voulais m'en aller et marcher loin là-bas dans la boue de l'esplanade. J'ai dit, *Comment c'est possible, d'aimer quelqu'un quand il a autant de pouvoir sur toi ?*

Knox a dit, *Je sais. Tout ça c'est si… atroce, si… révoltant. Ce que je veux dire c'est, même à un degré moindre, est-ce que toute personne n'a pas, forcément, plus de pouvoir qu'une autre ?* Knox a dit ça comme s'il me posait une question délicate, comme s'il me demandait, *Est-ce que c'est possible, pour toi, de m'aimer ?*

Je me sentais chancelante mais je m'efforçais de rester debout. Je me disais, qu'est-ce que ça voulait dire, que j'aime Knox ? Est-ce que ça voulait dire que je haïssais quelque chose en moi ? Ou bien cette sensation de ténèbres au fond de moi était-elle plus ancienne, une chose qui n'avait rien à voir avec lui et moi ?

J'ai dit, *Je n'aurais pas dû nous conduire ici. Peut-être qu'on devrait aller ailleurs.*

Avec le Jaunt, a dit Knox, *pas sûr qu'on irait bien loin. Et puis, ta grand-mère…*

J'ai répété, *Je n'aurais pas dû.*

Tout dans cette pièce, dans cette maison, me donnait l'impression de vaciller. Accroupie sur la dalle d'ardoise face à Knox toujours près de la porte-fenêtre, je me cramponnais à mes genoux, essayant de me ressaisir. Knox semblait avoir laissé tomber ses questions délicates et se préoccupait maintenant de choses plus pratiques. Il a dit, *Ne t'en fais pas, on va trouver une solution*, en avançant la main vers moi, sa main toute claire contre ma peau. Il m'a tirée à lui, et je me suis coulée jusque dans ses bras, à genoux sur la dalle rugueuse. Nous sommes restés là, assis à la fenêtre, son grand corps m'enveloppait, me berçait doucement. L'odeur âcre de nos sueurs mêlées et de la pluie, son menton tranquillement posé au sommet de mon crâne. *Je veux dire*, a dit encore Knox, *c'est fou quoi, c'est… c'est incroyable : cette maison, c'est en partie la tienne.*

Ce soir-là et le matin suivant, nous nous sommes réunis dans le petit salon aux sièges rouges qui donnait sur le perron Ouest. Nous nous retrouvions là pour remplir nos estomacs d'aliments chauds : une préparation de porridge que Ms Edith avait trouvée dans la boutique de souvenirs, à mélanger avec de l'eau bouillante. Nous l'agrémentions de sel de mer et de petits pois frais pour le dîner, sous les grimaces et le nez froncé d'Ezra et KJ, puis nous l'arrosions de sirop d'érable pour le petit-déjeuner, dans les exclamations joyeuses d'Imani et Jobari. Nous nous retrouvions pour mettre en place un planning de travail rotatif, organiser les tours de cuisine, de ménage et de jardinage. Nous nous rassemblions pour chanter ensemble et prendre des nouvelles les uns des autres, appelés par la cloche que sonnaient Mr Byrd ou Ms Edith.

Avant le premier dîner, nous avons ramassé du petit bois, l'avons empilé au sec dans le passage souterrain. Puis, nous penchant au-dessus d'une des citernes collectant l'eau de pluie, nous avons contemplé nos reflets ondoyants à la surface. Goûté cette eau du bout de la langue, et comme elle avait un goût fade, Mama Yahya nous a appris à la transvaser d'un récipient à l'autre, pour y réinsuffler de l'air.

Chacun de nous ce jour-là s'est choisi un endroit où dormir. Ms Edith a installé son livre de psaumes sur un siège dans une chambre octogonale du rez-de-chaussée.

Elle a distribué les parures de draps, s'en gardant une pour son lit en alcôve. Mr Byrd a tranquillement logé tous ses outils dans la chambre carrée située entre celle de Ms Edith et le hall d'entrée. Même s'il faisait moins chaud au rez-de-chaussée, les autres sont montés dans les étages, ouvrant grand les fenêtres de cette maison dont tous les aménagements nous rappelaient qu'elle avait été conçue à une époque qui ne connaissait ni l'air conditionné ni l'électricité. LaToya a disparu dans une chambre aux motifs bleus et blancs du deuxième et n'en est plus guère sortie, sauf pour s'alimenter de temps à autre. Ezra a pris une chambre au même étage avec des lucarnes en saillie et deux lits disposés le long d'un mur. Carol et Ira ont déménagé quelques meubles de la maison vers les ateliers de filature, dans un petit bâtiment isolé sur Mulberry Row, où ce serait plus confortable. Mr Byrd les a aidés à établir, juste devant, un espace tenant lieu de basse-cour pour garder leurs précieuses poules à l'abri.

Après ce premier dîner, j'ai demandé que MaViolet puisse rester dans la chambre à coucher de Thomas Jefferson. Papa Yahya a fait, *Ah bon ?* mais tout de suite son attention s'est tournée vers les enfants qui se chamaillaient à propos d'un cheval de bois qu'ils venaient de trouver. Ira a esquissé une grimace de protestation qu'il a aussitôt ravalée en même temps que sa dernière cuillerée grumeleuse. Ms Edith a dit, *Je ne vois pas pourquoi elle ne pourrait pas.* Et quelques tintements de couverts en argent plus tard, c'était décidé : MaViolet garderait le lit haut perché de Jefferson. On pourrait passer la voir de temps en temps, et Ms Edith a demandé à Knox d'apporter dans la chambre un fauteuil confortable pour les visites prolongées. Les gens venaient plutôt à deux, parce que MaViolet n'était plus très loquace. Elle saluait, bien sûr, puis offrait un sourire fragile. Mais après un court échange d'amabilités, elle semblait se perdre dans ses pensées ou bien fermait les yeux. Alors ses visiteurs se mettaient à parler entre eux, disaient qu'elle n'allait sans doute pas tarder à se remettre sur pied, puis ils se retiraient. La fuite depuis First Street, cette ascension – tout ça lui avait coûté. Pourtant, quand je m'asseyais à côté d'elle, MaViolet mangeait un peu. Et elle sirotait l'eau que je lui apportais. Ses yeux s'éclairaient alors, et elle m'enveloppait de questions. Elle disait, *Tu fais de ton mieux, ma petite-fille. Est-ce que tu as pu trouver un peu de joie dans cette journée ?*

Knox et moi avons pris la petite pièce à façade vitrée, pareille à une serre, qui se trouve accolée au cabinet de travail et à la bibliothèque de Thomas Jefferson. Nous y avons descendu un tapis de couchage et nous sommes aménagé un petit coin bien rembourré pour dormir sous les fenêtres. Ces magnifiques fenêtres aussi grandes que des portes, qui donnent sur la terrasse et, plus loin, sur Mulberry Row.

Cinq jours reclus, nous avons exploré le domaine de Jefferson. Tout déracinés que nous étions, nous avons égayé ces quelques premières journées de découvertes. Une antique voiture à cheval aux roues noires gigantesques, trouvée près de la boutique de souvenirs dans la grande maison. Les restes d'une nichée de bébés renards morts dans le pré, leurs petits cadavres en putréfaction grouillant de mouches. Des crottes de souris le long des caves, le bruit pelucheux qu'elles font en se carapatant dans la nuit. À l'aurore, une famille de chevreuils venus coller leur museau à nos fenêtres, le cou altier, les oreilles couchées mais confiantes. Un empilement de brouettes retournées et coincées dans un amas de vigne vierge. Nous les avons extirpées de là et nous en sommes servis pour transporter diverses choses sur le pâle sentier qui longeait le pavillon d'accueil : sachets de soupe déshydratée aux haricots, lotion à la lavande, bouteilles de vin aux étiquettes représentant la grande demeure. On servirait bientôt du potage au dîner et, aussi longtemps que la bonne descente d'Ezra ferait durer les bouteilles, du vin à boire à la tasse. Le deuxième soir, après le dîner, je l'ai vu traverser la pelouse de la façade Sud, titubant sous la pluie pour aller pisser dans le petit étang plein de vase. Nous faisions bouillir de l'eau et la versions dans des bassines pour les toilettes et les lessives de vêtements, que nous partagions, si bien que je me suis retrouvée un jour avec le polo de Knox, tandis que lui portait celui de Mr Byrd, et ainsi de suite. Nous avons réussi à ouvrir un hangar de stockage en brisant le verrou, et y avons trouvé du vieux matériel de jardinage : tronçonneuses, tondeuses à gazon, et quelques précieux bidons d'essence.

Le troisième jour, Georgie est arrivé du pavillon d'accueil au petit trot. Il était seul et poussait une brouette contenant des barres énergétiques qu'il avait amassées en douce. Parvenu au sommet, il a déposé son butin sur la table de Ms Edith, comme une offrande. J'ai jeté un regard vers l'esplanade derrière lui, à la fois inquiète et impatiente d'y voir apparaître Devin, flanqué d'Elijah. Par deux fois déjà nous avions fait descendre une équipe pour les relayer ou renforcer la garde, mais Devin n'était pas monté – en tout cas pas encore. Je me sentais quelque peu soulagée, même si les traits familiers de son visage me manquaient.

Le ciel de ces premières nuits était si chargé de pluie que la lueur vaporeuse de la lune l'éclairait à peine. Allongée près de Knox dans notre chambre de verre, je palpais mon ventre à l'affût du moindre changement. Je m'inquiétais de la respiration de MaViolet, j'écoutais ses soupirs et son souffle derrière l'insistante trépidation de la pluie. Elle n'avait qu'un seul inhalateur, à moitié vide – il m'aurait pourtant été si facile d'emporter le sac où se trouvaient les autres. La honte d'avoir oublié d'emporter ce dont elle avait le plus besoin couvait dans ma poitrine. Si le moindre coup de vent faisait trembler les fenêtres, je me levais d'un bond, slalomais entre les meubles pour aller m'assurer que sa respiration n'était pas de nouveau sifflante. Chaque fois qu'elle en avait besoin, je l'accompagnais à travers le dédale de la maison et l'aidais à descendre l'étroite cage d'escalier jusqu'aux cabinets d'aisances ou – parce qu'elle les préférait – jusqu'aux toilettes de la boutique de souvenirs, dépourvues de lumière naturelle mais si confortables, si modernes et rassurantes. À tâtons je grattais une allumette pour nous éclairer à la bougie, et au retour je l'aidais à se recoucher. Ces premières nuits-là, j'ai à peine dormi. Mais un peu tout de même – je le sais parce que, plus d'une fois, je me suis réveillée en sursaut avec des images terrifiantes dans la tête, revenant en boucle. Une nuit, j'ai entendu des hommes cogner aux vitres de la serre avec leurs fusils et, quand j'ai regardé dehors, c'était First Street. Un groupe d'hommes traînait quelqu'un jusqu'à un fourgon sans vitres, garé de l'autre côté de la route. Ils le traînaient, cet adolescent, celui qui les avait défiés et qu'ils avaient mis en sang. Dans mon sommeil, tout ce que je pouvais faire c'était les regarder pendant qu'ils l'attrapaient par les chevilles et les aisselles, pendant que lui se débattait en criant, *Ma ! Ma ! Ma !* Et chaque fois je me réveillais en sursaut, certaine que ces hommes avaient bien traîné ce garçon le long de First Street, pour de vrai, après l'avoir frappé d'un coup de crosse de fusil. Je me réveillais, et je me souvenais.

Au matin du troisième jour, les poules de Carol nous ont offert quatre œufs parfaitement calibrés. Elle nous les a présentés à la ration du matin, dans un panier qu'elle avait trouvé, doublé de tissu. *Alors on attend ?* a demandé Carol une fois de plus, se tournant vers Ira qui s'était approprié un siège à dossier en cuir. Après avoir inspecté les œufs, Ms Edith a annoncé que nous les casserions dans le bouillon salé du soir.

Et Ira a dit, *Si on attend ? Ben oui ! On attend, encore et encore.*

Après le petit-déjeuner, je ne sais pas comment, je me suis retrouvée sous la longue promenade de la terrasse Sud. Sans m'en rendre compte, mes pas m'avaient menée vers cette loge aveugle où était exposée une reconstitution de la vie de mon aïeule et homonyme : Sally Hemings. L'été précédent, une vidéo y tournait en boucle, des oiseaux projetés sur la robe d'un mannequin sans tête et sur le mur du fond. Je suis restée un certain temps devant cette entrée ouverte à scruter la pénombre.

Si nous attendions, à ce moment-là je n'aurais pas su dire ce que nous attendions. Je crois que Ms Edith s'imaginait que nous attendions le royaume de Dieu. Et LaToya, qui avait passé un jour entier cloîtrée dans sa chambre, semblait attendre la grâce. Alors que je m'apprêtais à déposer à sa porte le bol de son repas chaud, elle l'a ouverte brusquement, comme si tout ce temps, de l'autre côté, elle n'avait fait que m'attendre en silence.

Ezra se comportait comme si notre séjour ici n'était que temporaire, un moyen de reprendre pied avant de redescendre pour *les faire payer*. Il jurait qu'il rassemblerait pour ça tous les hommes de First Street et des environs, même ceux qui habitaient dans la maison jaune à côté de chez son père. *Quelqu'un va devoir payer pour ça*, répétait-il encore en sifflant la dernière bouteille de vin, les yeux fixés sur le chemin sombre qui descendait vers le pavillon d'accueil. Sans la présence solide et stable de son frère, Ezra serait probablement reparti tout seul.

Les après-midi de moiteur accablante, quand Ms Edith venait tenir compagnie à MaViolet, et si Knox était parti régler un problème avec Mr Byrd, je me retrouvais seule. Alors je parcourais la maison, ses trois niveaux et son sous-sol humide, sa bibliothèque pleine d'ouvrages destinés aux guides de Monticello et aux chercheurs de l'ombre. Je lisais parce que j'ai toujours lu. Je lisais pour tenter d'échapper à la précarité de la situation. Je lisais pour détourner mon attention du fait que j'étais enceinte, et que cela devenait de plus en plus concret d'heure en heure. Comment se faisait-il que j'aie atterri ici, en cloque, sans même savoir avec certitude qui était le père ? Et si c'était Knox le père, qu'est-ce que cela voulait dire ? Si c'était Devin ? Comment le monde avait-il pu se démolir comme ça ? Je ressentais chacun des éclats de mon être fracassé, reflétant la lumière et l'ombre en kaléidoscope.

Pour échapper à tout ça et au reste, je prenais un livre sur l'étagère, et je lisais à la lumière d'une bougie ou de la fenêtre. J'ai lu différents passages des *Observations sur l'État de Virginie* de Thomas Jefferson, parcourant son inventaire des mammifères terrestres de l'État, son calcul ingénieux de l'altitude des monts ou de la profondeur des rivières : un homme grand et bon. En lisant les notes de Jefferson sur la douceur du climat de notre État, j'ai songé à sa férocité actuelle, à toutes les façons dont nous avions profané ce bien commun. Et j'ai lu certaines des pensées de Jefferson sur la servitude humaine. L'esclavage, écrit-il, est « une dépravation morale » qui, par la violence qu'elle exerce sur les noirs, sert la tyrannie des blancs. Mais il écrit aussi que les noirs sont inférieurs aux blancs, physiquement et mentalement, et que nous puons, que nous sommes semblables à des enfants, incapables de prendre soin de nous-mêmes. Et par conséquent, s'il fallait mettre fin à l'esclavage, il faudrait expédier les anciens esclaves loin d'ici. Les noirs affranchis devraient partir, conclut-il, à cause des « préjugés profondément enracinés » des blancs à leur égard, et à cause du souvenir que les noirs garderaient des blessures qu'ils avaient subies des mains de l'Amérique. Ces deux forces en présence, écrit Jefferson, « produiraient des convulsions qui ne pourraient qu'aboutir à l'extermination de l'une ou l'autre race ».

J'ai reposé ce livre pour en feuilleter un autre, une chronique de la vie de Jefferson depuis le moment où il hérite de son père les terres sur lesquelles je me trouvais jusqu'à son mariage avec Martha et aux naissances de sa progéniture légitime – ses premiers enfants blancs qui jamais n'auraient à prouver et prouver encore leur ascendance. J'ai imaginé le regard de l'institutrice sur ma petite Momma de huit ans, son air d'incrédulité mais aussi de répugnance. Elle avait attendu longtemps avant de m'avoir, peut-être parce que MaViolet l'avait eue, elle, trop tôt, et avec un homme qui au fond ne l'avait jamais aimée. Momma avait déjà commencé l'école primaire quand MaViolet a épousé Papa Alred, qui l'avait aimée comme sa propre fille. Momma ne m'a jamais caché le nom de mon père, mais je ne l'ai jamais connu. Elle m'a toujours dit que c'était un chic type et qu'il était beau, mais juste un ami pour elle, un moyen de m'avoir, moi, avant qu'il ne soit trop tard.

J'en ai eu assez de la vie de Jefferson. Alors j'ai cherché à lire des histoires sur Sally Hemings, plutôt. Elle avait été amenée à Monticello alors qu'elle était encore enfant, avec sa mère et ses frères et sœurs – elle faisait partie d'un lot d'esclaves offerts en cadeau de noces par le père de la mariée, comme une série de plateaux d'argent. Les récits de sa vie que j'ai pu trouver étaient tous des témoignages indirects, des déclarations d'autres personnes, et plus je lisais, plus j'avais l'impression qu'elle se dérobait. J'ai découvert que le beau-père de Thomas Jefferson – l'homme qui lui avait offert Hemings en cadeau – était aussi le père de Sally. Elle était donc la demi-sœur de l'épouse de Thomas Jefferson. Qu'est-ce que cela faisait, me suis-je demandé, d'être à la fois parente et propriété ? Et qu'est-ce que cela signifiait de regarder le visage de sa propriétaire et d'y voir sa sœur ? Ou de regarder sa sœur et d'y voir son esclave ? J'ai lu que la plupart des historiens pensent que Jefferson a couché pour la première fois avec Sally après la mort de Martha alors qu'elle accompagnait la famille en France pour les servir. Il avait quarante et un ans, elle en avait quatorze. Elle est rentrée de Paris enceinte, à seize ans, avec la promesse de Jefferson que tous les enfants qu'elle aurait avec lui seraient un jour affranchis. Ils en ont eu six au total, dont quatre ont atteint l'âge adulte et ont vécu en esclavage à Monticello jusqu'à leur libération.

Pour finir, aucun des enfants de Sally ne s'est senti assez en sécurité pour rester. Ni Beverly, ni Harriet, ni Madison. Pas plus qu'Easton, qui bien plus tard dans ses mémoires désigne Thomas Jefferson comme étant le patriarche de sa famille. Deux des enfants Hemings ont été autorisés à quitter la colline pour se fondre dans l'obscurité, vraisemblablement à distance de leur famille, et passant pour blancs le restant de leur vie. Les deux autres ont fini par déménager loin de la Virginie, en dépit de l'appel lancé par Jefferson à l'assemblée générale de l'État pour qu'une exception soit faite à leur égard. Quelques années plus tôt, un amendement avait été voté par les blancs qui craignaient de subir les représailles des esclaves affranchis, après tous les tourments qui leur avaient été infligés. *Et qu'il soit en outre décrété que si un esclave émancipé demeurait par la suite au sein de ce Commonwealth plus de douze mois d'affilée… il ou elle perdrait tous ses droits et serait aussitôt appréhendé et vendu.* Les enfants de Sally, même affranchis, demeuraient sans droits. Reste et nous te retrouverons, et nous t'asservirons de nouveau : tu n'es pas chez toi en Virginie.

VII

Au matin du cinquième jour, Devin s'est finalement décidé à monter nous rejoindre, abandonnant son long tour de garde au pavillon d'accueil. À l'instant où je l'ai aperçu, j'ai sans doute laissé échapper un petit hoquet de surprise. Knox a levé les yeux de sa lecture – le livre qu'il m'avait emprunté ou ses petites notes quadrillées. Il m'a demandé, *Est-ce que ça va ?*, et j'ai entendu Mr Byrd saluer Devin sur l'esplanade – *Alors, jeune homme !* – puis tous les deux ont entamé une discussion. J'ai continué à les regarder un moment, et je me suis souvenue que Knox attendait que je lui réponde. J'ai dit, *Oui ça va.*

En regardant Devin suivre Mr Byrd le long du chemin, j'ai compris que sa réticence à monter jusqu'à la maison n'était pas entièrement de mon fait. Il gravissait les marches de la terrasse avec une immense prudence et parlait à voix basse, comme s'il s'apprêtait à entrer dans une église. Quand il s'est avancé pour saluer MaViolet dans sa chambre, il a regardé autour de lui d'un air à la fois ébahi et circonspect.

Elijah, par contraste, est arrivé en trombe quelques minutes plus tard, bondissant d'impatience et s'égosillant depuis le hall d'entrée. *Ezra ! T'es où ?* Quand son frère est descendu, dévalant l'escalier, Elijah s'est jeté sur lui, dans un entremêlement de jambes et de bras et d'empoignades. Des retrouvailles musclées comme en ont des gamins de douze ans. Quand l'un reniflait, l'autre pétait, et au milieu de leur pagaille odorante les jumeaux se sont serrés très fort dans les bras en se donnant de grandes claques dans le dos, puis il se sont écartés l'un de l'autre pour se regarder comme s'ils ne s'étaient pas bagarrés un instant plus tôt. Comme s'ils étaient nés pour se pardonner. Ils se sont installés dans la chambre du deuxième étage qu'Ezra avait choisie pour eux, avec les deux lits poussés contre le mur. Devin, quant à lui, s'est pris une chambre très à l'écart dans le pavillon Sud, une pièce aux murs de brique à l'extrémité de la longue promenade en planches de bois sur laquelle s'ouvrait notre chambre de verre. Il avait choisi de dormir aussi loin que possible de la grande maison, et encore plus près de Mulberry Row.

Il n'a pas fallu longtemps avant que les premiers inconnus se présentent au pied de notre petite montagne. Mais d'abord, comme en guise d'avertissement, l'électricité est revenue, juste le temps d'un battement d'ailes. Cela s'est produit très tôt, dans la noirceur encore profonde de notre sixième matin, même si chaque jour passé ici nous semblait toute une vie, secrète et miniature. Le courant électrique a cliqueté et ronronné, libérant de leurs ténèbres des pans entiers de la maison. Nous avons tous perçu ce clignotement, comme une secousse sismique, depuis nos couchages de fortune ou nos lits bosselés, guettant tout ouïe les bruits du monde d'avant. Knox s'est redressé à mes côtés, le visage à moitié éclairé par une lampe du couloir attenant. Sans lunettes, ses yeux semblaient dénudés et, sur son visage, un sourire rêveur se dessinait. Ailleurs dans la bâtisse, j'entendais des murmures, les enfants qui frappaient du pied et dans leurs mains au-dessus de nous dans la nurserie, le juron satisfait de Georgie depuis le perron principal où il dormait parfois. Et quant à moi, j'ai senti mon estomac se nouer, comme pour me signaler qu'un malheur allait nous arriver en même temps que le retour de la lumière.

C'est en train de revenir, a dit Knox, alors que le courant ne s'était rétabli que quelques secondes. La lumière avait éclaboussé notre chambre, puis s'était éteinte à l'instant où Knox avait commencé de parler. Je suis allée voir MaViolet – et dans sa chambre restée plongée dans le noir j'ai entendu ses légers ronflements. De retour dans notre lit, Knox et moi avons écouté la maison se remplir de chuchotements étouffés. Je sentais sa présence dans le cocon de l'obscurité, son visage tourné vers moi, son corps bougeant contre le mien. Il s'est hissé au-dessus de moi, s'appuyant sur ses coudes. Sans doute que je respirais fort, déjà. Je me suis glissée tout entière sous lui. Son visage grave s'est penché vers le mien, comme s'il entrait dans la mer, mû par un désir ou une nécessité. Entre nous depuis la première fois c'était comme ça : je désirais quelque chose en lui, ou de lui, et lui en moi ou de moi – abolir la distance, peut-être. Cette nuit-là, des larmes ont roulé sur mes joues et se sont accumulées dans le creux de mes oreilles. Comme une peur saignant dans mon désir.

Nous ne l'avions pas vraiment fait depuis des semaines, pas depuis la fin des vacances de printemps, quand les premières grosses tempêtes nous avaient frappés. J'avais voulu qu'on s'abstienne parce qu'on était à court de contraceptifs, et parce que j'étais enfin revenue à moi-même après ma brève période d'insouciance. J'avais voulu qu'on s'abstienne parce que tout s'écroulait autour de nous et parce que, curieusement, je m'étais aperçue que je n'avais pas eu mes règles. J'avais dit à Knox que nous devions être plus prudents, comme si ce choix responsable pouvait annuler les précédents, irresponsables ; comme pour adresser ma supplique à une force supérieure, S'il vous plaît s'il vous plaît faites que je ne sois pas enceinte. J'avais maintenu la proscription même après avoir compris sans équivoque que ma prière n'avait pas été exaucée. Cette nuit-là, quand les lumières ont palpité, j'ai compris qu'il fallait le dire à Knox. J'aurais dû lui dire tout de suite.

Mais au lieu de ça, Knox et moi nous sommes rapprochés l'un de l'autre, nous livrant au seul plaisir qui nous restait, nos bouches, nos mains, nos corps tanguant l'un avec l'autre. Knox essuyait les larmes de mes joues. Il les imaginait sans doute pleines d'espoir.

Le premier groupe d'inconnus s'est présenté quelques heures après, ce matin-là.

Comme le prévoyait le planning des rotations, Mr Byrd, Ira et Carol avaient pris leur tour de garde au pavillon d'accueil. Ils avaient de gros talkies-walkies, une arme de poing et les deux fusils de chasse. Et un étrange pressentiment les habitait depuis que les lumières avaient clignoté. L'aube pointait quand ils ont vu l'homme à la peau d'ambre s'avancer d'un pas lent sur la route. Il avait les mains en l'air et des feuilles mouillées dans les cheveux :

un homme de la forêt, a plaisanté Carol par la suite. Ils avaient entendu un accent quand cet homme les avait interpelés, de loin, tandis que Mr Byrd et Ira tentaient maladroitement d'épauler leurs fusils. Ça n'était pas très convenable, a fait remarquer Carol, de pointer une arme sur une personne qui essayait de se présenter.

Je m'appelle Norberto Flores, a dit l'homme de la forêt.

Les mains en l'air, il a expliqué que sa famille et lui avaient aperçu la fumée de nos feux de cuisine. Ils avaient aussi aperçu de la lumière et nous avaient observés comme ils pouvaient depuis un chemin bordé d'arbres qui traversait la forêt du bas. Les bois, la route – ça devenait plus dangereux de jour en jour, a dit l'homme. *Nous vous avons bien observés, et nous nous sommes dit que vous n'étiez pas si dangereux que ça.*

Bientôt nous avons appris que Mr Flores, ainsi que ses fils aînés et leurs familles respectives, avaient quitté la ville en camping-car à la suite des troubles qui s'étaient produits près de chez eux. Il se trouve qu'ils habitaient la rue au coin de chez Devin, de l'autre côté de la ravine pleine d'ordures qui longe les terrains de basket. Bref, nous étions voisins, et donc ils avaient vu la fumée monter de First Street la nuit où nous avions pris la fuite. Le même groupe d'hommes armés avait assiégé leur rue en brandissant des torches de feu. Un type barbu hurlait des atrocités dans un mégaphone ou fulminait derrière ses vitres sombres. Mr Flores et sa famille avaient pu se mettre à l'abri. Ils s'étaient enfuis de chez eux le lendemain matin aux aurores, après avoir verrouillé les portes et planqué tout ce qu'ils pouvaient. Ils étaient partis dans la Ford Sherrod, leur vieux fourgon aménagé rempli de tentes et de matériel de chasse. Ils s'étaient dirigés vers la périphérie de la ville, en empruntant la même route que nous, puis ils s'étaient arrêtés pour monter les tentes en haut du chemin de randonnée Saunders-Monticello, celui qui longe la route que nous avions empruntée la nuit de notre fuite. Mais les jours suivants, a expliqué Mr Flores, ils avaient vu que des groupes d'hommes armés se réunissaient à la tombée de la nuit en contrebas de leur campement. Il les appelait *los arsonistas*. À cause d'eux, sa famille ne se sentait plus en sécurité dans les bois ou sur la route. Les Flores avaient rassemblé tout ce qu'ils pouvaient porter et étaient partis sans trop savoir où aller exactement. Ils avaient pris un chemin de randonnée qui les éloignait de la ville, et c'est là qu'ils avaient vu les lumières s'allumer chez nous.

Pendant que j'écoutais tout ça, ma peur remontait en flèche, comme une palpitation frénétique au fond de ma gorge. J'ai pensé, Mon Dieu, la route n'est donc pas moins dangereuse que la ville ? Mais j'ai enfoui cette peur au plus profond de moi, jusqu'à ne plus la sentir ou presque, jusqu'à ce qu'elle fasse corps avec moi.

Le temps pour Knox et moi de descendre au pavillon d'accueil, Mr Flores s'en était allé retrouver ses fils, Edward et Oscar, cachés dans le bois avec leurs épouses et sa petite-fille, une adolescente aux traits délicats : deux générations nées de lui mais en Virginie – dans la vallée de Harrisonburg, pour ce qui était de ses fils. La famille s'était discrètement assise sur les bancs de l'espace billetterie où nous nous étions nous-mêmes assis peu auparavant, têtes baissées, visages marqués par un mélange d'amertume et de gratitude que je connaissais bien. Leurs gros paquetages, les tentes et les sacs de couchage, ainsi que le matériel de chasse, étaient méticuleusement alignés près d'eux. De l'autre côté du pavillon, la pluie dégoulinait des gouttières et se déversait sur l'asphalte du parking. Quand je les ai vus assis là, j'ai tout de suite su que nous les accueillerions.

À peine trois jours plus tard s'est présenté un autre groupe de cinq jeunes gens. Sous leurs ponchos de plastique transparent, ils portaient des vêtements en coton, lycra et denim. Ils sont arrivés avec des bandanas rouges noués au cou ou leur masquant le visage à moitié, comme des manifestants qui se seraient perdus en chemin vers leur cortège. Leurs sacs à dos leur faisaient comme des carapaces de tortue.

J'étais de garde avec Elijah et LaToya – qui sortait davantage de sa chambre depuis peu, mais conservait une certaine apathie physique. Quand ce deuxième groupe s'est avancé vers nous, c'était la première fois que je me retrouvais à braquer une arme sur quelqu'un. Les armes étaient à mes yeux les instruments d'un pouvoir arbitraire, le risque possiblement fatal de méjuger la valeur d'un autre être que soi.

Mes mains tremblaient. La pluie m'aveuglait.

Le groupe avançait à découvert, s'adressant à nous par le canal d'une seule voix, ample et vibrante : *N'ayez pas peur ! Nous sommes de l'ECP, les Étudiants de couleur pour la paix ! Êtes-vous des amis ou des ennemis du peuple ?* Cette voix profonde qui se frayait un chemin à travers la pluie battante, c'était celle d'une étudiante de deuxième année nommée Lakshmi, une fille au teint cuivré et bien en chair, avec une singulière asymétrie dans le bas du visage. Elle avait noué un bandana rouge sur ses cheveux noirs chatoyants, rasés d'un côté. Elle a encore rapproché le mégaphone de ses lèvres. *Vous savez que c'est immonde ce qui se passe en bas ? Alors laissez-nous entrer, bordel !*

Ces étudiants faisaient partie d'un groupe de jeunes activistes du centre universitaire où j'avais étudié les deux premières années. Ils partageaient un appartement juste derrière le campus et le lac artificiel. Leur fac avait fini par fermer, dans un chaos absolu, nous ont-ils raconté – la cafétéria dévalisée, les bureaux de l'administration jonchés de documents éparpillés. Depuis leur appartement, Lakshmi et les autres avaient entendu toutes sortes de rumeurs : des vitrines avaient été vandalisées dans le quartier de Fifth Street Station et les gens se servaient, prenant ce qu'ils voulaient ou ce dont ils avaient besoin. Des prisonniers étaient morts d'une grève de la faim ou lors d'émeutes en réaction à leur enfermement 24 heures sur 24 et 7 jours sur 7 dans des cellules sans lumière. Une grande manifestation avait été planifiée pour exiger le soutien des autorités locales et de l'État fédéral à tous ceux qui luttaient pour leur survie. Mais dans le centre-ville, à l'heure prévue sur le parcours allant du pont jusqu'à l'hôtel de ville, tout était désert.

Lakshmi et les autres nous ont raconté que la nuit, parfois, ils descendaient au bas de l'allée qui menait de la route à leur campus à flanc de coteau. Depuis un bâtiment situé en bordure de cette route, ils avaient pu observer des petits groupes de miliciens, entassés dans des 4×4 et des pick-up, allant et venant sur la voie principale près des sorties d'autoroute tout en klaxonnant. Ils les avaient reconnus, ces hommes qui se donnaient en spectacle avec leurs drapeaux et leurs armes : ils les avaient déjà dans le viseur bien avant l'effondrement. Leur cortège de véhicules défilait tous les soirs, juste avant la tombée de la nuit. Ils faisaient une boucle avant de retourner en ville, ou bien ils se garaient dans une rue latérale. Une fois, Lakshmi et les autres avaient pu se rapprocher en rampant. Au coucher du soleil, quand la troupe était passée devant eux, ils avaient vu quelque chose comme des corps inanimés sous des couvertures, étendus sur le plateau arrière d'un pick-up. Ils avaient cru voir un pied jeté hors d'un véhicule, mais non, quand même pas, sûrement une tête de hache ou le canon d'un fusil. Et puis le groupe avait entendu une rumeur qui disait que des gens se seraient réfugiés à Monticello, des membres de la communauté noire. Je me suis demandé qui leur avait parlé de nous. Mr Odem, le vieux garde blanc ? L'avait-il dit à quelqu'un qui l'aurait répété à quelqu'un d'autre ?

Après le surgissement éclair de l'électricité dans leur appartement, la route du campus avait retrouvé son calme. Et quelques jours plus tard, ils étaient tous partis à notre recherche – en plein jour, puisque les hommes ne venaient que la nuit. Nous avions beaucoup de chance, nous disaient-ils, d'avoir trouvé cette colline, cette maison. Ce refuge.

C'était à la fois éprouvant et réconfortant, tous ces nouveaux corps avec nous à Monticello, qui leur appartenait autant qu'à nous. Ça faisait des bras en plus, mais nos rations étaient réduites. Cette huitième nuit et la suivante, nous nous sommes réunis pour déclamer à tous nos règles inscrites sur le papier parcheminé, mais aussi pour y inscrire de nouveaux articles. Chacun était libre de s'en aller avec l'équivalent d'une ration journalière. Chacun pouvait être contraint de s'en aller si le groupe en décidait ainsi. La famille Flores avait monté ses tentes dans le salon en écartant les sièges matelassés rouges ; ils faisaient passer les piquets dans les boucles de nylon sous les yeux huileux de portraits macabres. Lakshmi et sa bande se sont installés au troisième niveau de la maison, bricolant leur couchage à même le sol vert terne de la salle du dôme.

Les nouveaux venus apportaient un certain nombre de choses :

un four solaire
une lampe solaire
des jumelles
trois fusils de chasse
une énorme arbalète et son carquois phosphorescent
des masques de protection en papier et une douzaine de bonbonnes de gaz lacrymo
une série de fanzines dessinés à la main, présentant diverses tactiques d'autodéfense

Lakshmi et ses camarades nous ont appris à communiquer par les signes de la main qu'ils utilisaient dans les cercles activistes. Bientôt LaToya s'est jointe à eux, on la voyait claquer des doigts pour dire oui, et un rire sec lui montait de la gorge. Elle a troqué son tee-shirt doré avec le seul garçon du groupe, Gary Chen, un première année, mince comme un fil, à la peau d'ivoire et aux cheveux hirsutes méchés de bleu. J'ai entendu Gary se lamenter auprès de LaToya, lui racontant avoir trouvé puis perdu son nouvel amoureux en l'espace de quelques mois. Il y avait eu cette accalmie au milieu des tempêtes, et l'amoureux était rentré chez lui en Virginie du Nord, « juste pour quelques jours » disait-il, sauf qu'en fait il n'était jamais revenu. Un matin, pendant qu'on faisait tous les deux la distribution des rations – noix de pécan caramélisées, bribes de verdure et carré de chocolat noir –, Gary s'est penché vers moi. *C'est fou quand même. Je tombe enfin amoureux, je fais mon coming-out à mes parents, et là t'as le monde qui explose.*

Le soir, après le temps où nous chantions, les Flores et les étudiants nous racontaient ce qui leur était arrivé en ville, et puis nous faisions de même, à voix basse, à grands éclats ou passant du rire aux larmes. Ensuite on s'effondrait en sanglots sur les dalles d'ardoise rugueuse du passage souterrain. Ensuite KJ et les enfants Yahya piquaient un sprint à travers l'esplanade boueuse pour rejoindre les petites loges d'exposition sous la terrasse Sud. On les retrouvait là, jouant dans le cliquetis des ustensiles de cuivre, s'inventant un feu qui brûle dans l'âtre profond de l'ancienne cuisine des esclaves. On les retrouvait pleurnichant dans l'exposition Sally Hemings. Accroupis les genoux serrés contre la poitrine et se balançant, se plaignant d'avoir mal à la tête, au dos, au ventre.

Un soir que nous étions tous rassemblés à l'abri du perron Nord, Devin a pris la parole. Nous avions gardé nos distances depuis qu'il s'était installé dans la maison, mais chaque fois qu'on se croisait, invariablement mon regard se portait sur lui. Devin nous a raconté l'histoire de ce jour où il était rentré chez lui et avait appris le décès de son oncle. Il avait passé la nuit dans la cité de Prospect, probablement pour voir une fille, me suis-je dit, mais ça aurait pu être pour troquer des piles ou des cigarettes. En tout cas, ce jour-là, Devin a tout de suite compris qu'il s'était passé quelque chose quand il a aperçu Ezra et Elijah dans le petit carré de jardin, penchés sur les pelles. Quand il a vu le corps allongé sous un drap blanc, sur le plancher de bois de la terrasse. Je connaissais bien cette terrasse, sa rampe en bois branlante, et près de la porte d'entrée cette jardinière en forme d'urne funéraire, avec ses pivoines en plastique tellement blanchies par le soleil que ça leur donnait un petit air nostalgique. Il n'y avait déjà plus d'ambulances à ce moment-là. Plus de pompes funèbres non plus, d'après Devin. La seule lueur d'espoir, c'était les garçons et les hommes qui squattaient la maison jaune juste à côté, et qui sont arrivés tout de suite, slalomant entre les empilements de pneus et les pièces de moteur. Devin racontait, et moi je les voyais : des garçons à la peau brune, jean taille basse et baskets colorées. Tee-shirts blancs qui pendent aux poches arrière comme des drapeaux en berne. Quand Devin a eu fini de nous confier tout cela, il m'a regardé droit dans les yeux, pour la première fois depuis longtemps. J'aurais voulu lui dire quelque chose pour le consoler. Après la mort de Momma, j'avais connu, moi aussi, cette douleur. Les hommes de la maison jaune étaient venus leur prendre les pelles des mains, a poursuivi Devin. Ils s'étaient relayés, creusant vite, avant de déposer le corps de son oncle dans la terre d'ocre rouge de Virginie.

Alors que nous rapprochions nos sièges les uns des autres, hors d'atteinte du rideau de pluie oblique, Lakshmi s'est mise à parler. Elle a raconté qu'elle avait roulé jusqu'à la maison de ses parents dans la campagne d'Albemarle.

Ils y avaient pris leur retraite un an plus tôt, dans une maison de campagne à trois niveaux – une construction récente dans une voie en cul-de-sac reculée où ils étaient les seules personnes foncées de peau au milieu d'un voisinage de blancs. Un coin bien tranquille, a dit Lakshmi, la plupart des habitants sont restés là-bas. Quand elle y allait, elle avait entendu plus d'une fois des voisins frapper à la porte de ses parents et demander, Vous avez besoin de quelque chose ? Ses parents avaient acheté tout un stock de provisions, des épices et d'énormes bocaux de pois cassés et de haricots secs. Une étagère entière de leur garde-manger était consacrée aux réserves de confiseries aux cacahuètes dont son père raffolait. Quant à sa mère, elle nourrissait encore l'espoir de réussir son potager sur terrain humide, et tous les deux la rassuraient en affirmant que jusque-là tout allait bien. C'est vrai que la rue était restée extrêmement paisible, à l'exception d'un soir sans pluie où l'un des voisins avait déboulé de l'ombre de sa véranda en vociférant – c'était un veuf retraité, sans doute un peu ivre. S'aidant d'une lampe torche dans la nuit, il avait monté l'ancien drapeau sudiste au mât de sa pelouse, à la place de sa bannière étoilée détrempée. Pourtant, c'était lui qui avait été si accueillant avec les parents de Lakshmi au moment de leur emménagement, lui qui leur prêtait son câble de démarrage quand leur batterie était à plat, rapprochant sa voiture de la leur même quand ils s'étaient garés à un angle impossible. Ses parents avaient voulu la rassurer en lui disant qu'ils l'avaient vu redescendre son drapeau, la mine sombre, le soir d'après.

Chez eux, Lakshmi en avait convenu, elle aurait été plutôt en sécurité. Mais elle n'y était pas restée longtemps.

En chemin pour les rejoindre, sur une route de campagne sinueuse, deux hommes lui avaient bloqué le passage. A priori, ce n'était pas les hommes du cortège de pick-up noirs défilant devant son campus, mais comment en être certaine ? Ceux qui lui barraient la route ce jour-là n'avaient ni armes ni drapeaux ni torches enflammées. L'un d'eux n'avait pas l'air « blanc » – il avait le teint mat, plutôt. Ce qui est certain, c'est que leur voiture était arrêtée en travers de la route et qu'ils en avaient relevé le capot, si bien que Lakshmi avait le choix entre braquer le volant et tomber dans le fossé, ou leur foncer dedans. *J'aurais dû les écraser, ces enfoirés*, a-t-elle dit, rajustant le bandana maintenant noué à son poignet. Au lieu de ça, elle s'était arrêtée pour leur demander de se déplacer et voir s'ils avaient besoin d'aide. Les hommes l'avaient obligée à sortir de sa voiture pour la faire asseoir à l'arrière de la leur, pendant qu'ils fouillaient dans ses affaires. Puis l'un d'eux était monté sur le siège arrière à côté d'elle. *Ils ont pris ce qu'ils voulaient prendre.* La main au poignet, elle tiraillait sur le gros nœud rouge.

Ils ont fini par la laisser partir et elle a pu rejoindre ses parents, mais chez eux c'était trop calme. Après quelques nuits dans la maison, en dépit de leurs protestations elle est rentrée en ville avec le peu d'essence qui lui restait, rejoignant son appartement sombre et ses colocataires. Elle avait pris un autre itinéraire qu'à l'aller, se disant que si jamais elle voyait de nouveau des hommes sur la route, cette fois, elle foncerait dans le tas.

Quand quelqu'un racontait son histoire, je sentais invariablement mon cœur gonfler comme un colosse de douleur dans ma poitrine. J'avais mal pour Gary Chen, avec ses cheveux bleu saphir, parce qu'il avait l'air si évidemment amoureux. Mal pour Mr Flores, qui avait émigré du Honduras bien des années avant. Et qui nous a raconté comment il avait survécu à ce gigantesque ouragan – avec une coupure générale d'électricité là-bas aussi ; et tout son quartier dévasté par les vents violents. Mon cœur se serrait pour Lakshmi, tout ce qui avait pu lui arriver pour qu'elle en vienne à renoncer à la sécurité que lui offrait la maison de ses parents, fût-elle relative, préférant braver de nouveau le danger, comme si celui-ci avait déjà planté en elle son drapeau. Parfois j'avais le cœur si lourd et meurtri que je pouvais à peine bouger ou parler.

Le lendemain matin, lors de la distribution des rations, Ms Edith a proposé que toutes les femmes, jeunes et moins jeunes, se retrouvent pour parler. *Pour faire un peu de prévention*, a-t-elle suggéré en essuyant ses mains sur un carré d'étoffe étalé sur ses genoux. Nous nous sommes retrouvées dans le salon aux fenêtres drapées de cantonnières rouge délavé. Nous nous sommes retrouvées pendant que Mr Flores et son équipe ramassaient du bois, pendant que Mr Byrd et Knox montaient des barrières pour empêcher les lapins d'accéder au potager. Nous nous sommes retrouvées pendant qu'Ira et Georgie s'occupaient du feu sous la bassine de linge mis à bouillir. Pendant qu'Elijah et Papa Yahya lançaient à Jobari et KJ une balle bricolée avec des sacs plastique et des caoutchoucs. Pendant que Devin, Ezra et Gary montaient la garde en bas. Edith est entrée dans le salon par le perron Ouest, se délestant d'une paire de bottes trouvées sur place, aux semelles farcies de mottes de terre noire et humide. Elle tenait à la main le panier doublé de tissu par Carol, qui débordait de fraises minuscules, fleurs fanées, feuilles, racines et autres humbles choses. Elle a dit, *Je voulais vous apporter une petite douceur.*

Nous regardions le plancher de bois, sa mosaïque de losanges lisses.

Ms Edith s'est avancée vers chacune d'entre nous, écartant ici un siège, là une petite table. Nous avons mis dans nos paumes quelques fruits, une grappe de fleurs délicates, le tout équilibré par un entrelacs de frêles racines. *Des violettes sauvages, goûtez-moi ça.* Elle a mis dans sa bouche une pincée de feuilles et de fleurs, elle a mâché.

Nous étions Mama Yahya et son bébé dans les bras, et nous étions Imani avec ses nattes fraîchement tressées et son long tee-shirt choisi à la boutique de souvenirs, ceinturé comme une robe. Nous étions Lakshmi et sa bande : Mahreen, Kayla et Jia. Nous étions les femmes Flores, Sam et Marta, et la fille aux traits délicats de Marta, petite elfe de treize ans, Yamileth.

Nous étions Carol aux reflets d'argent et LaToya de rose et d'or.

Nous étions moi.

J'ai fait durer la douceur acidulée sur ma langue, gardant le reste dans le creux de ma main pour MaViolet, toujours alitée dans sa chambre à côté.

Ms Edith se tenait près de la fenêtre, scrutant du regard les parterres ovales détrempés de l'esplanade. *Pieds-d'alouette, calendula, roses de carême.* Puis elle nous a toutes regardées intensément. Elle a dit, *Nous, vous le savez mesdames, il faut qu'on fasse attention.* Et Imani, debout près de sa mère, a serré fort dans les bras son mammouth en peluche. Âgée de six ans, elle ne devait pas comprendre, du moins l'espérions-nous, mais toutes les autres, nous savions exactement de quoi Ms Edith parlait. *Il faut qu'on fasse très attention*, a poursuivi Ms Edith. *Même en ce moment. Surtout en ce moment. En fait, il faut qu'on fasse attention tout le temps. Tout le temps.*

Je me suis ratatinée un peu plus sur ma chaise en velours, comme si cette femme aux yeux de hibou se faisait le véhicule des vieilles mises en garde de Momma. Elle a dit, *C'est comme ça pour toutes les femmes, sans exception, et ce depuis la nuit des temps.*

Nous avons toutes fait *hmm* ou hoché la tête, et moi aussi, dans un assentiment unanime. Puis nous nous sommes regardées les unes les autres, puis nous avons regardé par les fenêtres où la pluie projetait des ombres dégoulinantes. Le bébé Yahya s'étirait de tout son long sur les genoux de sa mère, à qui il tendait ses petites menottes attrapeuses.

Comme il commençait à s'agiter, Mama Yahya s'est mise à le faire sautiller sur son giron pour le calmer, mouvement qui la conduisait ensuite à se lever, puis à le bercer énergiquement en chantant, sauf que cette fois Imani, le visage soudain illuminé de fierté sororale, a abandonné sa bête pelucheuse sur une table pour prendre son petit frère à la place. Alors qu'elle le tenait dans ses bras, lui maintenant délicatement la tête, il a eu un hoquet. Ses pleurs se sont calmés un temps.

Il faut qu'on veille les unes sur les autres, a dit Ms Edith de sa voix profonde.

LaToya a décroisé et recroisé les chevilles dans l'autre sens. *Ça serait pas mal.*

Ensuite Ms Edith nous a exhortées à faire preuve de bon sens en nous protégeant les unes les autres des hommes que nous ne manquerions pas de croiser à notre retour en ville ou de ceux qui pouvaient débarquer d'un moment à l'autre. Elle a dit que nous devions même faire attention avec ceux qui étaient déjà là, nos pères et nos frères. Nos amis et nos amoureux. Si notre séjour ici devait se prolonger, a prévenu Ms Edith, il pourrait y avoir, *il y aurait probablement* des moments de tension, et même de violence. Il valait mieux éviter de se mettre en danger ou de tomber enceinte, si possible. Elle a dit cela comme si au fond elle savait qu'on ne pourrait pas éviter de telles choses, et je me suis demandé si une personne de confiance lui avait fait du mal par le passé. À ce mot, « enceinte », je n'ai pas pu m'empêcher de me mordre la lèvre ; j'ai senti une boule me monter dans la gorge.

À l'autre bout de la pièce, LaToya a crié, *Amen !* avec la ferveur d'une convertie de fraîche date.

Lakshmi, se relevant, a déchiré les pétales de ses fleurs en les pressant trop vivement.

Le bébé a recommencé à pleurer, et Imani à le bercer avec ardeur, lui fredonnant des paroles inventées sur l'air d'une chanson connue. Dans son anglais de bric et de broc, Mama Yahya nous a donné des petits conseils à propos des règles, question dont je n'avais, hélas, plus à me soucier. *Prenons soin de nous-mêmes et les unes des autres*, a dit Ms Edith pour finir, et nous avons toutes acquiescé. Comme si on pouvait y arriver. Comme si on allait y arriver, même moi. J'ai remonté mes genoux contre ma poitrine et me suis balancée, ravalant tout entier mon secret.

Nous étions dans la maison depuis deux semaines quand un bruit de respiration sifflante m'a réveillée. Il faisait nuit, très sombre encore, et Knox dormait profondément. Je me suis levée d'un seul coup, ayant entendu ou deviné ce râle laborieux. Encore ensommeillée, j'ai traversé le cabinet de travail en trébuchant au milieu d'une multitude de dossiers de sièges et de pieds de meubles, avant d'arriver au chevet de MaViolet. Mes mains ont trouvé les siennes et je me suis armée de courage pour affronter le bruissement rauque de son souffle entravé. J'ai tâtonné dans le noir pour trouver l'inhalateur, ne sachant même pas si le spray contenait encore quelque chose. Je l'avais placé sur sa table de nuit dans le vain espoir que sa présence servirait à conjurer sa nécessité. Je l'ai secoué et porté à la bouche de MaViolet.

Elle l'a saisi, puis l'a rejeté.

Quand j'étais enfant, MaViolet avait eu une attaque semblable, sans que nous puissions retrouver son inhalateur. J'ai appelé au secours, et bientôt des lumières rouges et blanches ont clignoté aux fenêtres de nos maisons. Des voisins se sont amassés dans notre jardin pour voir ce qui se passait. Les urgentistes ont fait monter MaViolet à l'arrière de l'ambulance, et ils ont demandé à Momma de les suivre. Nous avons cherché les clés et sauté dans la Corolla déglinguée, mais j'étais pétrifiée de peur. Et mes seules pensées étaient : Et si on tombait en panne ? Et si l'ambulance nous semait sur le chemin de l'hôpital ? Et si on ne revoyait jamais MaViolet vivante ? Je me disais que si nous n'étions pas là pour supplier les docteurs de tout essayer pour la sauver, ils ne prendraient pas soin de son précieux corps. Ils la méjugeraient, elle et son incommensurable valeur.

MaViolet se débattait dans ses draps et déglutissait dans le vide. J'ai pensé alors, Je vais la perdre.

J'ai appelé à l'aide.

Calé un oreiller sous son dos en la tournant sur le côté.

Sans m'en rendre compte, je m'étais hissée tout entière sur le lit, pourtant très haut. Il m'a semblé dur, implacable comme la terre fraîchement damée. Je me suis blottie contre ma grand-mère pour essayer de la réconforter, me glisser dans sa peau. Petite, il m'arrivait de dormir dans son lit. Elle m'apparaissait si grande alors, l'esprit large et la poitrine vaste, avec une chaleur, toujours, qui émanait d'elle. Mais cette nuit-là, à bout de souffle entre mes bras, elle avait l'air tellement chétive, comme si ses os s'étaient amenuisés. Une pluie éparse s'est abattue sur le toit, suivie d'un vent puissant – on aurait dit qu'il faisait tanguer la maison.

Un sifflement, un gémissement, un sifflement, un gémissement. Des secondes, des heures, se sont écoulées ainsi.

Et j'ai vu que Knox était là, penché au-dessus du lit, du côté du cabinet de travail, sa paume chaude sur mon dos. Il m'a fait asseoir, m'a aidée à redresser MaViolet pour qu'elle soit également en position assise, les jambes pendant au bord du lit. Il m'a incitée à lui faire réessayer l'inhalateur. Il lui a fait boire quelques gorgées de ce qu'il y avait dans la tasse posée sur sa table de nuit – de l'eau ou du thé. Et entre deux râles rauques, elle a pu en prendre quelques gouttes étranglées, peinant toujours. Et bientôt peinant un peu moins.

Bien plus tard, alors que le ciel de pluie s'animait du chant des oiseaux, Ms Edith est revenue, comme tous les jours, s'asseoir au chevet de MaViolet. J'étais éreintée, reconnaissante de ce bref répit même si je me savais incapable de retrouver le sommeil. J'ai rejoint Knox sur la terrasse devant la fenêtre ouverte de notre chambre, son corps longiligne appuyé contre l'arche de briques. Sa chemise, lavée et renfilée, m'a semblé plus fine encore ; les rayures sur son torse, délavées. Ses cheveux, d'habitude si soignés, avaient poussé dans tous les sens depuis la tempête. Il s'est retourné en m'entendant approcher et je lui ai adressé un grand sourire, parce que MaViolet avait survécu à cette nuit, et parce qu'il m'avait souri aussi, de ce sourire rêveur et fugace qui lui venait parfois. Dans son empressement à m'aider pendant la nuit, il avait dû faire tomber ses lunettes. On aurait dit que les montures avaient été tordues et refaçonnées ; cela redessinait la géométrie de ses joues.

J'ai dit, *Ton nom*, comme la première fois où nous nous sommes rencontrés, une table entre nous, au moment où j'allais inscrire son nom sur une étiquette. Mais là, ma voix est sortie bien fade, malgré tout l'air que j'ai voulu y insuffler.

Il s'est redressé et a répondu, *Knox. Et toi, c'est quoi ton nom ?*

J'ai dit, *Da'Naisha.*

Quand j'ai été suffisamment proche, il a avancé les bras vers moi pour m'enlacer et me tirer à lui, comme au ralenti, le torse poisseux dans la chaleur. J'ai levé les yeux, il contemplait au loin la crête basse des montagnes bleues. Et tout aussi lentement, il s'est démêlé de mes bras, reculant pour me regarder.

Il a dit, *Je crois que je n'y comprends rien…*

J'ai cru que Knox allait enfin dire quelque chose de

sombre et vrai à propos de moi – que j'avais eu la négligence d'oublier d'emporter ce dont MaViolet avait le plus besoin, ou qu'il avait deviné mon infidélité à la façon dont on s'évitait l'un l'autre, Devin et moi. J'en étais presque à espérer qu'il me dise enfin qu'il avait vu la douce révolution de mon corps : cette grossesse que j'avais tout fait pour dissimuler mais qui devait se manifester d'une manière ou d'une autre. Juste à ce moment-là, je voulais qu'il dise quelque chose qui me fasse avoir honte de moi. Mais Knox ne faisait que parler du monde et de sa faillite. De problèmes qui avaient désespérément besoin de solutions, et de ce qu'il fallait faire pour les trouver. Il a dit, *Naïsha, il y a forcément des gens capables d'arranger tout ça.*

Et moi je me souviens que j'ai dit, *Pourquoi je ne les ai pas pris, ses médicaments ?*

Des types intelligents, a insisté Knox. *Des types capables de ramener la lumière, de faire redécoller les avions. Mon père déjà – c'est une tête. Mais il y en a d'autres, des gens meilleurs encore, des chercheurs qui pourraient mettre au point un système pour atténuer les effets de ce dérèglement climatique que nous avons créé.*

J'ai dit, *Le sac devait être dans la cuisine. Ou bien dans sa chambre, sur la commode.*

On est comme isolés dans cette bulle terrible, a dit Knox. *Je suis sûr qu'il y a des gens qui cherchent à venir ici, en ville je veux dire. C'est horrible ce qui arrive en ce moment, mais sans doute que tout va bien ailleurs, dans le Maryland ou en Virginie-Occidentale. Bon sang, si ça se trouve tout va très bien à Richmond. On ne s'en rend pas compte là tout de suite parce qu'on est au cœur de la tempête. Mais c'est forcément une aberration. Ça va s'arranger. Et ensuite on pourra rentrer chez nous.*

J'ai dit, *Tu pourrais redescendre en ville. Tu devrais.*

Et Knox a dit, *Tu m'écoutes ou quoi ? Si les choses ne s'arrangent pas, ta grand-mère va mourir ici !*

Mon corps s'est remis à flotter comme en apesanteur, comme s'il n'était pas suffisamment lourd pour me retenir au sol, même si mes pieds nus restaient bien en place sur les planches de la terrasse en bois. Derrière, dans la maison, je sentais presque MaViolet se retourner dans son lit. Je me tenais les bras croisés, les frictionnant de mes mains, j'essayais de désengourdir mon corps.

Da'Naisha… Attends, a dit Knox, et je voyais sa pomme d'Adam qui montait et descendait le long de sa gorge. *Pardonne-moi, ma douce.*

J'ai répété, *Tu devrais redescendre en ville.*

Tout va s'arranger, a-t-il dit, comme s'il ne m'avait pas entendue. Peut-être que je parlais confusément. Que je parlais déjà à la poussière. Il a dit, *Ce que j'essaie de dire, juste, c'est que tu n'as pas à faire face à tout ça toute seule.*

Il se confondait en excuses, les mains sur mes épaules, mon cou, me tirant à lui. Il embrassait le lobe de mon oreille, les éclats fracassés de moi, et il me parlait : *Tu seras une prof géniale. Moi je vais trouver un boulot quelque part en ville, rien d'extraordinaire pour commencer, mais quelque chose dans le domaine des énergies – la géothermie, les éoliennes.* Knox pressait ma tête contre sa poitrine et j'entendais son cœur battre la chamade. Il a dit, *C'est juste que ça me fait peur… Et si personne ne venait ?*

J'ai levé les yeux vers le ciel, lourd de brume, puis les cimes des arbres à la coupe afro, dodelinant, puis le creux sombre des routes du bas. *Plus dangereux de jour en jour*, avait dit Mr Flores. Et les étudiants avaient vu tous ces hommes la nuit, roulant du côté de l'autoroute avant de disparaître. Je me sentais si fatiguée. Au bord de m'effondrer dans cette moiteur perlée.

Mes lèvres pressant contre le torse de Knox, j'ai dit, *Et si quelqu'un venait ?*

VIII

Quand j'ai rouvert les yeux, la lumière sur les murs avait changé d'aspect. J'avais dû me rendormir, car il faisait maintenant grand jour. J'entendais des bruits de pas sourds dans la maison, le grincement léger d'une porte qu'on ouvrait. Quelqu'un appelait par une fenêtre ouverte sur l'esplanade. Je me suis levée et me suis rendue au chevet de MaViolet.

Sa respiration était plus régulière, ses joues avaient repris des couleurs. Elle guettait sans doute mon retour. Dès que je suis entrée, elle a ouvert les yeux et m'a parlé.

Elle a dit, *Ma petite-fille.*

Elle avait l'air d'aller. Mieux en tout cas, mais pour combien de temps ?

Elle a dit, *Nay-Nay*, le front plissé comme quand elle s'inquiète pour moi. Je l'ai serrée très fort dans mes bras, puis j'ai ouvert toutes les fenêtres. Quand je me suis assise sur le bord de son lit, je l'ai encore enlacée.

J'ai dit, *MaVi*, avec un très grand sourire : juste de la voir vivante, d'entendre sa voix.

Elle a dit, *Le soleil est haut.* Et c'était vrai. La pluie

s'était arrêtée. De l'autre côté de la fenêtre, je voyais la vapeur de rosée monter du tapis d'herbe.

Je lui ai demandé si elle avait attendu longtemps seule, et elle a fait un geste en direction du fauteuil de Ms Edith. Elle a dit, *Je ne manque pas de bonne compagnie.* Le lit m'a semblé plus confortable que la veille ; mais il y avait de la saleté dans les draps. MaViolet a passé son bras autour de ma taille, et j'ai senti sa paume fraîche sur ma peau.

J'ai demandé, *Tu as besoin de quelque chose ? Je peux faire quelque chose pour toi ?*

Cette horloge…, a-t-elle dit en regardant la pendule de Jefferson sur le mur face au lit. Elle avait un cadran blanc, des engrenages dorés et des aiguilles tarabiscotées comme le tracé d'une écriture cursive – le sommet était suspendu entre deux obélisques noirs. Elle a dit, *Mon père avait une montre à gousset. Toute simple, tu sais, mais dorée de partout aussi.*

MaViolet avait grandi à Vinegar Hill, dans une maison à deux niveaux avec des rideaux jaunes aux fenêtres. Quelquefois elle parlait de son ancienne maison, elle racontait comment elle avait été rasée au bulldozer, comme tout le quartier, au moment où elle finissait son primaire, et toutes les familles noires qui y vivaient avaient dû déménager. *Mon père était un homme très fier*, m'a-t-elle dit ce matin-là. *Et il me laissait tenir sa montre en or, et ma mère m'avait acheté des chaussures en cuir verni avec des rubans. C'était une montre d'homme – lourde mais jolie. Je faisais comme si elle était à moi.*

MaViolet s'est redressée en se contorsionnant pour mieux voir par la fenêtre. Le jour semblait blanchi par le soleil.

J'ai demandé, *Pourquoi tu ne parles presque jamais de tes parents ?*

Elle a dit, *Je suis tombée enceinte. L'été où j'ai reçu mon diplôme à la fin du lycée. Mais ça tu le sais déjà.*

J'ai fait oui de la tête en espérant qu'elle continuerait à parler.

Elle a dit, *Papa voulait vraiment que je continue l'université, vu qu'il n'avait pas de fils. Il avait bien raison sur ce point : le père de ta mère, c'était un vaurien. Ça a pris du temps, avant que je rencontre Papa Alred – qu'est-ce qu'il me faisait rire –, mais lui aussi, il est parti avant moi.*

J'ai dit, *On partira tous avant toi, Grandma.* Puis, *On va bientôt rentrer chez nous.*

Elle a dit, *Tu leur ressembles tellement. Surtout les yeux : comme ta maman et la mienne.*

La gorge nouée, j'ai dit, *Ça fait mal. Des fois je me force à ne pas penser à Momma tellement ça fait mal.*

MaViolet gardait les yeux rivés à la fenêtre. Elle a dit, *La dernière fois quand ils nous ont fait venir ici, c'était le printemps.*

Lorsque Ms Edith est arrivée avec le repas de MaViolet – elle s'est arrêtée à la fenêtre et son visage sillonné de rides s'est éclairé tout à coup à la vue des enfants qui couraient comme des fous dehors, leurs petits corps inondés de soleil – je lui ai expliqué rapidement ce qui était arrivé à ma grand-mère dans la nuit. Puis je suis descendue, empruntant le passage souterrain jusqu'aux anciens cabinets d'aisances, pour m'enfermer dans leur pénombre. Je portais le tee-shirt le plus sobre que j'avais pu trouver à la boutique de souvenirs et il était beaucoup trop large. Mais mon short en jean, qui montait haut à la taille, me serrait de plus en plus, marquant mon ventre d'une fine ligne. Je me suis regardée dans le petit miroir à main, me suis mise en colère contre moi-même et me suis donné des baffes, comme pour me réveiller. J'aurais dû lui dire, à MaViolet, que j'étais enceinte. Mais pourquoi l'inquiéter encore plus qu'elle ne l'est déjà ? Son asthme pouvait réapparaître à tout moment. Et bien sûr Knox avait raison : si on ne faisait rien, elle risquait de mourir à la prochaine attaque. Sur l'esplanade, du côté du perron Ouest, Carol nettoyait les reliefs du petit-déjeuner. Devin faisait la vaisselle à côté dans une bassine. *Ah te voilà*, a dit Carol en me voyant arriver. *C'est toi qui étais censée t'en occuper.* Elle a poussé une pile de bols sales en travers de la table dans ma direction, mais Devin a levé la tête et nos regards se sont croisés un instant. Il a ramené la vaisselle vers lui, et il a dit, *Je m'en charge.*

Ce quatorzième jour sur la colline, tout le monde s'est mis au travail comme jamais, profitant de l'interruption de la pluie, j'imagine, et du soleil qu'on sentait sur la peau. Les gens travaillaient par petits groupes, sur l'esplanade ou dans la maison, remettant en état les espaces communs. Ils creusaient au déplantoir pour déraciner des légumes partout dans le jardin, cueillaient les fruits mûrissant en haut des arbres tors du verger. Faisaient bouillir la lessive dans les bassines, tendaient des cordes pour étendre le linge encore dégoulinant après essorage, courbant le dos, s'éraflant les mains, qu'ensuite ils enduisaient de cette lotion hydratante que Ms Edith avait trouvée à la boutique de souvenirs, et qui sentait la lavande. On continuait de monter la garde au pavillon d'accueil – par équipes de deux ou trois en se relayant régulièrement, avec fusils, talkies-walkies et bonne grâce. J'étais émue par ces efforts, bien qu'en vérité tout cela m'ait semblé vain ce jour-là. Malgré tout, j'ai fait de mon mieux pour y prendre part, imitant le balancement des bras, le rythme des jambes qui marchent : l'espoir. J'ai remué les lèvres sans bruit lorsque Mr Byrd a ouvert la bouche pour appeler Georgie, lui demandant d'aller chercher la trousse de premiers secours. J'ai suivi des yeux les gestes de Mr Flores, alors qu'il était dans l'herbe en train de nettoyer et graisser des armes à feu, l'air réticent, comme s'il avait été pacifiste dans une vie antérieure. J'ai écarquillé les yeux en même temps que KJ, assis sur une marche de l'esplanade, ses sourcils et sa cicatrice se haussant de concert, en prévision de la douleur à venir. Quelques instants plus tard, Mr Byrd se penchait pour retirer une écharde de son pied nu à l'aide d'une aiguille à coudre. Et j'ai senti l'odeur de l'onguent au soufre en passant devant eux. *Et voilà mon garçon – maintenant tu peux retourner jouer*, a dit Mr Byrd.

Au dîner ce soir-là, sous l'abri du perron Ouest, Lakshmi nous a servi à la louche notre ration de soupe aux haricots. À ses côtés, LaToya et Gary nous ont distribué des noix salées, des carottes crues et des tiges de blettes colorées. Imani et Jobari avaient disposé une petite table avec une bassine d'eau chaude et du savon pour que les gens puissent s'y laver les mains avant le repas et y laisser leurs bols à tremper ensuite. Lorsque je suis arrivée, mes mains étaient couvertes de cloques, sans que je sache comment je me les étais faites. La plupart étaient déjà installés, leurs bols sur les genoux. Comme la pluie s'était arrêtée, quelques personnes avaient pris des sièges dans le salon ou l'entrée pour manger dehors. D'autres étaient assises sur les marches du perron. Les Yahya, ainsi que la jeune Yamileth, s'étaient posés sur des couvertures dans l'herbe. Quelques étudiantes étaient descendues monter la garde au pavillon.

J'ai eu envie de dire, Je retourne chercher les médicaments de ma grand-mère.

C'est alors que j'ai vu Georgie arriver, se frayant un passage entre l'étang et les gigantesques chênes à feuilles de saule. Avant même de prendre son bol, il s'est lancé à corps perdu dans le récit de son fait marquant du jour, relevant le menton, la voix vibrante d'excitation. Il venait de voir un groupe d'ours bruns – des oursons, plutôt. *Pas croyable, hein ? Toute une nichée de bébés ours !*

À côté d'une table qu'on avait déplacée sur la pelouse, Ezra mâchouillait une tige amère. Il a déclaré qu'il avait entendu un bébé pleurer. Pour de vrai, dans les champs, la nuit précédente. Et qu'il l'avait entendu *après* que la famille Yahya était montée se coucher dans la nurserie.

Les dents couleur d'ivoire de Ms Edith ont relui un instant. Elle a dit, *Des esprits.*

Rien qu'un bébé renard, a dit ensuite Mr Byrd, sirotant son thé.

J'étais assise à côté de Knox sur les marches du perron, bordées de briques et surmontées d'ardoise. Mes jambes étaient tellement plus foncées que les siennes, mes pieds nus pointaient vers la vaste pelouse de la façade Ouest, mes chaussettes et mes baskets traînaient dans l'herbe. La famille Flores avait replanté ses tentes tout au bout de la pelouse, à la lisière des arbres. À l'intérieur de la maison, MaViolet se reposait dans sa chambre ; elle gardait le silence depuis ce matin où elle m'avait parlé si librement. Ms Edith m'avait signalé que MaViolet n'avait pas pris une seule bouchée du dernier plateau-repas qu'elle lui avait présenté.

Trop loin de nous, assis entre les jumeaux, Devin mangeait. Il faisait basculer son siège en arrière, les bottes immergées dans la pelouse envahie d'herbes hautes. J'avais noté que Devin observait tout le monde. Il regardait Papa Yahya, qui demandait sans cesse aux enfants d'arrêter de bouger et de rester assis sur leurs couvertures pendant qu'ils mangeaient. Il regardait Ms Edith, qui s'esclaffait de quelque chose que Mr Byrd venait de dire. Il balayait du regard le périmètre de la pelouse, comme pour vérifier qu'aucun danger ne menaçait, même si ce n'était pas à lui de tenir la garde. Dans la lumière du couchant, la lisière lointaine resplendissait d'une infinité de nuances de vert.

C'est là qu'ils ont jailli, ces mots qui avaient maturé toute la journée et la nuit précédentes – peut-être même depuis ce moment où j'avais monté d'un pas trébuchant les marches du perron Est, me précipitant vers le râle de MaViolet : *J'y retourne*, ai-je dit en me levant tout à coup. *Je veux aller chercher les inhalateurs de MaViolet. Elle respirait à peine, la nuit dernière…*

J'ai compris à l'expression de leurs visages qu'ils savaient déjà ce qui était arrivé. Peut-être que Knox leur avait dit, ou Ms Edith. Et c'était peut-être pour cela que, toute la journée, j'avais eu l'impression qu'ils me regardaient avec un mélange de compassion et de tendresse. Tout en mangeant, la compagnie s'est alors mise à parler de la ville, de ce qui leur manquait et de ce qui pouvait y être encore sans danger, mêlant leurs voix.

Papa Yahya a dit : *Il va nous falloir plus de viande pour les hommes !*

Lakshmi a dit : *Tous ces types sur la route le soir à faire leurs manœuvres, et d'un seul coup plus personne…*

Elijah a dit : *On peut pas laisser la grand-mère de Naïsha crever de chaud comme un chien.*

Ira a dit : *Ils étaient juste là, bordel, à mes fenêtres – plus je regardais, plus ils étaient nombreux.*

Ezra a dit : *Je suis prêt à y retourner, et je vous jure qu'il y en a qui vont le regretter.*

Ms Edith a rincé son bol et fait signe aux enfants de lui rapporter les leurs. Autour de nous, le ciel avait pris une teinte fauve, bordé d'un liseré violine. Knox s'est mis debout à ce moment-là, sur la marche juste au-dessus de la mienne. Il a retiré ses lunettes, les a nettoyées soigneusement dans un coin de sa chemise, puis les a remises sur son nez.

Il a dit, *Moi, je pourrais y aller. Je pourrais descendre récupérer les médicaments et voir si la ville est plus sûre. J'irai demain.*

On a reparlé des types qui rôdaient juste en dessous du campement des Flores et vers l'autoroute, mais Knox a insisté. Les choses se tassaient, disait-il, ou bien elles allaient bientôt se tasser. C'était le bon moment, il était prêt à y aller.

Dans les deux cas, c'est un risque à prendre, a dit Mr Byrd. *Y aller ou ne pas y aller.*

De l'ongle du pouce, Ira s'échinait à extirper un truc coincé dans ses dents. *Il veut y aller – qu'il y aille !*

La route est inondée, a dit Georgie. *Du côté des oursons. Si ça se trouve c'est pire plus bas…*

Alors j'irai après-demain, a dit Knox.

Je me suis rassise et il s'est retourné vers moi. Il a posé sa main sur mon genou, en m'assurant tout bas qu'il pouvait au moins faire ça pour moi. J'ai eu l'impression qu'il prenait mon air renfrogné pour de l'inquiétude, ma petite fureur brûlante pour de la reconnaissance. Ou peut-être était-ce ma faute, cette façon que j'avais de me fermer constamment, mon visage lisse comme une pierre d'ardoise. Mais quoi qu'il ait vu en moi à cet instant, il s'est adressé de nouveau au groupe.

Il a dit, *J'y vais.*

Il pouvait, il irait. La chose livide que je contenais au plus profond de moi s'est enflammée.

Tout à coup Carol s'est levée de son siège près d'Ira, et la cuillère a tinté sur sa tasse en céramique où restait un peu de soupe. Des boucles de cheveux d'argent frangeaient son regard.

Je pourrais y aller, moi aussi, a-t-elle dit.

Ira l'a tirée par la manche. *Sois pas ridicule.*

Non, a rétorqué Carol en le repoussant. *Tu ferais mieux de m'écouter.*

D'une voix hésitante d'abord, elle nous a présenté ses arguments. Si jamais ils se faisaient arrêter en chemin, Knox et elle pourraient faire semblant d'être une mère et son fils. *Il n'y a qu'à nous regarder, n'importe qui voudrait nous aider.* Elle est alors venue se mettre à côté de Knox, laissant Ira pester dans son coin. L'un à côté de l'autre, ils avaient l'air bien sympathiques : Carol et ses épaules voûtées, Knox le grand échalas à l'air intello.

Je veux faire quelque chose de bien, a dit Carol.

Et Ira a posé sa tasse vide sur l'herbe à côté de la sienne.

C'est au-dessus de la vaisselle rincée et avec la saveur d'un carré de chocolat fondu en bouche que la décision est tombée : Knox et Carol iraient en ville – tous les deux – parce que la couleur de leur peau ne les mettrait probablement pas en danger. Ils partiraient le lendemain matin aux premières lueurs de l'aube, car les hommes armés arrivaient toujours à la fin du jour. Ils partiraient seulement si les routes paraissaient sans encombre et si les orages ne menaçaient pas. Ils prendraient la Lincoln de Mr Byrd, après avoir rempli le réservoir du peu d'essence trouvé dans le hangar à jardinage. Knox conduirait et Carol prendrait note de tout ce qu'elle verrait dans notre ancien quartier. Même Devin trouvait que le plan se tenait. Même Ira était d'accord, enveloppant de ses mains tremblantes la tasse de thé que Ms Edith lui tendait. Et il a promis de s'occuper des poules chéries de Carol jusqu'à son retour. Elle craignait les prédateurs, les faucons surtout.

Je vais m'en occuper, de ces satanés volatiles, lui a dit Ira d'un air bougon, sa voix brisée révélant un noyau de tendresse.

Après le dîner, j'ai pris mon tour de garde au pavillon d'accueil. Cette nuit serait celle de ma rencontre avec un autre inconnu, à l'orée de notre bois. J'étais avec Knox et Edward Flores, qui avait la même attitude ferme et bienveillante que son père. Comme chaque nuit nous nous relayions, et l'un d'entre nous faisait le guet du côté de la billetterie avec un talkie-walkie pendant que les autres patrouillaient autour du parking et du bois, à l'endroit où commence la route. En général, nous faisions aussi le tour du discret cimetière des esclaves, celui où Mama Yahya m'avait emmenée sans le savoir. Et nous nous retrouvions ensuite à la billetterie pour confirmer qu'il n'y avait rien à signaler.

Pendant que Knox et Edward inspectaient les lieux chacun de leur côté, je suis restée appuyée contre un pilier en bois, les yeux brûlants de sommeil. Mon esprit ne cessait de vagabonder d'une pensée à une autre tellement j'étais épuisée. Mes pensées volaient vers MaViolet, toujours silencieuse, même si elle avait consenti à boire quelques gorgées d'eau avant que je ne parte. J'aurais dû rester à son chevet, mais j'étais terrifiée à l'idée d'entendre à nouveau ce long râle, et que ferais-je si je l'entendais ? J'avais demandé à Ms Edith de dormir avec elle pendant que j'étais de garde. La moue aux lèvres, elle avait accepté.

J'avais emporté l'un des fusils de Mr Flores, glissé en bandoulière sur le dos, la sangle de biais, plaquée en travers de la poitrine. Un peu plus tôt ce jour-là, j'avais demandé au vieil homme de m'apprendre à épauler, viser et tirer. Le secret pour y arriver, m'avait-il dit, se trouvait dans la tête et le cœur, pas entre les mains. Je plissais les yeux face à la cible posée en équilibre au loin, derrière les écuries au toit rouge, quand j'ai senti un douloureux pincement entre mes côtes. Ma stupeur s'est volatilisée : l'espace d'un instant, je me suis rappelé le poids de mon corps.

Mes pensées se sont tournées vers Knox. Quand, pendant le dîner, il s'était porté volontaire pour descendre en ville, c'était pour me protéger, pour m'aider, mais j'avais aussi le sentiment qu'il ne me voyait pas. Ou peut-être que je ne voulais pas qu'il me voie. Peut-être que j'avais peur de lui faire voir mes failles, mes débris coupants et déchiquetés. Pouvait-il les accepter, pouvait-il même les aimer, vu le passé dont nous avions tous deux hérité et qui ressemblait désormais à notre avenir ? Le pouvais-je moi-même ?

Puis mes pensées sont allées planer au-dessus de Devin, à bonne distance là-haut, le regardant marcher sur Mulberry Row, ses boots de cuir roussâtre s'écrasant sur les cailloux. L'avais-je imaginé, qu'il me regardait lui aussi, un peu plus tôt ce jour-là – petit signe de tendresse ? Et pourquoi m'en souciais-je à ce point ? J'ai chassé Devin de ma tête, et c'est à ce moment-là, dans son sillage, que m'est apparue Momma, allongée dans sa robe couleur citron, le visage gris mais trop jeune pour ce cercueil. *Momma*, ai-je voulu appeler, et ma voix s'est brisée. Je me suis pincé la chair du bras. Et je me suis dit que c'était mieux comme ça, au moins elle avait échappé à cette longue attente que nous vivions dans la fuite et la peur.

Finalement, j'ai pensé à cet être qui grandissait en moi, s'ingéniant à fabriquer sa propre petite personne – *une fille !* Est-ce que je mangeais assez pour elle ? Dans quel genre de monde allait-elle naître – un monde à vomir, assurément. Quel genre de mère pouvais-je espérer devenir dans ce monde détruit ?

Knox est revenu, s'est débarrassé de son fusil en bandoulière et m'a simplement serrée dans ses bras. Il a dit, *Tout est calme.* C'était mon tour de patrouille, son tour de guet. Il faisait si chaud, cette nuit-là, que même le chuchotis des insectes semblait s'être tu. Le premier soir à notre arrivée, la lune, bien que brumeuse, était ronde et pleine mais cette nuit-là elle ne rayonnait que faiblement, faucille blafarde. J'avais pris par le bois et j'allais atteindre la route quand j'ai aperçu l'intrus, son ombre entre les rangées d'arbres. Il faisait face à la ville, ayant traversé et rejoint notre flanc de colline ; son approche ne ressemblait en rien à celle de tous ceux qui l'avaient précédé – avec leurs mains en l'air et leur voix bien audible – et qui maintenant étaient des nôtres.

En plissant les yeux, j'ai vu que ce n'était qu'un jeune garçon, dix ou onze ans. La lumière de sa lampe torche, déjà faiblarde, vacillait et tressautait dans sa main. Alors que je l'observais, il s'est immobilisé pour scruter la montée du petit bois en côte, comme s'il regardait droit vers moi. J'ai pensé, Notre Monticello. Et j'ai posé un genou à terre, le corps tendu comme un arc, le cœur bondissant et se cabrant. Il a commencé à gravir la pente qui nous séparait, se rapprochant, puis il s'est arrêté encore. Quand il s'est accroupi, j'ai reconnu les traits de son profil. Il manipulait sa lampe torche, farfouillait dans son sac à dos, et ne cessait de lever les yeux sur le sentier en direction de la maison, vers tout ce qu'elle abritait de précieux pour moi. Son regard est redescendu plus bas sur le sentier, et c'est là qu'il m'a vue, agenouillée en surplomb de lui au milieu du bois, l'observant. Il était suffisamment proche de moi pour que l'éclat de sa lampe torche me pique les yeux.

En fait, je le *connaissais*, ce garçon, oui, il me semblait bien le connaître. C'était lui que j'avais vu ricaner derrière la vitre du pick-up, lui qui depuis hantait mes rêves. Je ne sais pas quelle expression mon visage a eue à l'instant où je l'ai regardé, seulement l'expression que le sien a eue en retour. Ses yeux se sont écarquillés en même temps que sa bouche, bée. Dans un mouvement de recul terrorisé, il s'est mis à dévaler la pente qu'il venait tout juste de commencer à gravir. J'ai senti mon corps s'élancer aussi.

Comme s'il allait s'envoler pour s'abattre sur le garçon en lui criant, C'est ça ! Cours ! Mais au lieu de ça, ma bouche s'est figée, j'ai perdu pied, et dans la glissade une épine s'est plantée dans ma cheville. J'ai senti une ligne de feu me traverser jusqu'à la hanche. Le garçon battait désespérément en retraite, moi je cavalais à ses trousses, trébuchant à moitié, jusqu'à ce que mes pieds retrouvent la plane solidité de la route. Après ça j'ai couru pour de bon, claquant l'asphalte scintillant du plat de mes baskets, tandis que le fusil emprunté tapait contre ma colonne vertébrale. Le garçon allait vite, mais j'allais plus vite encore. Je ne me savais pas capable de courir aussi vite. La distance qui nous séparait s'est réduite à rien. D'un élan j'ai attrapé le rabat de son sac à dos. Il s'est effondré en hurlant.

Je voulais seulement l'empoigner pour le secouer. Mais très vite la masse de son corps s'est retrouvée coincée sous la mienne, et mes deux genoux plaquaient son torse étroit. Mes bras se sont levés tout seuls pour le frapper, et j'ai senti chaque once de mon corps frémir pendant que mes poings martelaient ce garçon sur la route. Je criais, *Tu es qui ?! Pour qui tu te prends ?!*

Je criais, encore et encore – bizarre que personne ne m'ait entendue –, et mes paroles n'étaient qu'une suite de notes frénétiques, se répétant comme un refrain.

Les cris du garçon se sont mués en un long grognement désespéré, un son qui ressemblait à de la résignation, ou plutôt à de l'acceptation. Ce bruit d'animal soumis a fini par me ramener à moi-même. Alors mes mains sont retombées pesamment à mes côtés. Je me suis déliée de lui, le souffle coupé, le corps tout entier parcouru de tremblements. Il gisait sur la route et on aurait dit qu'il ne se relèverait jamais. Je l'ai regardé, et il m'a tout à coup paru plus petit, plus jeune, sous ce visage noir de sang. Mais c'était bien le même garçon ; c'était forcément lui.

Au bout d'un moment, il s'est mis à tâtonner autour de lui pour trouver son sac. Il s'est relevé, s'est éloigné de moi à reculons, lentement d'abord, avant de se retourner pour s'élancer en direction de la ville. Je l'ai regardé fuir, plantée là sur cette route au-delà de notre bois, bien plus loin que je ne m'étais risquée dernièrement.

Quand j'ai regagné le pavillon d'accueil, c'était à peine si je pouvais parler. Sans doute que je tremblais encore, mes vêtements étaient débraillés, j'avais les cheveux plus ou moins en bataille, mais il n'y avait presque plus de lune. Edward était à son poste de guet, et ses yeux se fermaient de fatigue. J'ai dit, *Tout est calme.*

IX

Je me suis réveillée seule, nauséeuse. Le soleil était haut et rond dans le ciel de l'autre côté des vitres. Sans bruit j'ai traversé la maison, passant devant le cabinet de travail, d'où j'ai aperçu MaViolet, son dos qui montait et s'abaissait. J'ai pris un étroit corridor et descendu la cage d'escalier étouffante. Arrivée à la porte ouverte près des décors en carton grandeur nature figurant les quartiers des esclaves, dans la pénombre de la bibliothèque des guides, j'ai aperçu le petit groupe des étudiants de l'ECP. Gary entouré de sa cour, un livre relié ouvert sur les genoux. LaToya à ses côtés, gesticulant comme une animatrice dans un show télévisé. Il déclamait quelque chose d'une voix guindée et professorale, et les autres autour n'en pouvaient plus de rire. Je me suis faufilée sans me faire voir entre les parois rugueuses du passage souterrain pour me rendre à l'abri où nous faisions bouillir l'eau à tour de rôle. Le feu s'était éteint, mais l'eau m'a semblé encore assez chaude. J'en ai rempli un seau que j'ai porté jusqu'aux anciens cabinets d'aisances.

Ça empestait l'urine, là-dedans, et la merde, même en aspergeant régulièrement de l'eau bouillante pour y maintenir une certaine hygiène. Je me suis penchée pour scruter mon reflet dans le vieux miroir à main, espérant y trouver une autre que moi. Mais mon visage restait inchangé – j'ai dû soulever mes vêtements et incliner le miroir à différents angles pour déceler la moindre trace d'altération. Une petite égratignure sur le cou, une contusion bleuissante sur le bras. J'ai retiré mon tee-shirt complètement, puis mon short crasseux. Une vapeur légère montait du seau. Je suis restée là un moment, frissonnante et nue dans la chaleur.

C'est en passant la main le long de ma profonde écorchure à la hanche que m'est revenue la sensation de glissade après la chute. J'avais les muscles des bras endoloris, mais au creux du ventre toujours ce mensonge niché. Qui pouvait bien être ce garçon – pour qui se prenait-il ? J'ai secoué les mains pour desserrer mes poings, et j'ai déplié le carré de tissu que nous laissions là pour nos toilettes quotidiennes.

Plongé le chiffon dans l'eau tiède du seau, pour me nettoyer le visage, le cou, la poitrine, les aisselles. Nettoyer la peau abîmée de ma hanche et de ma cheville. Nettoyer entre mes jambes, entre mes orteils. Renfilé mes vêtements pour sortir dans le soleil.

Dehors sur l'esplanade, la pleine chaleur du jour m'a frappée de plein fouet, l'air était comme une grande flotte difficile à manœuvrer. Ce serait le printemps le plus chaud jamais observé, avaient annoncé les médias du temps pas si lointain où il y avait encore des médias. Je me suis demandé, Se pouvait-il que ce soit déjà l'été, officiellement ? Et que nous apporterait cette saison nouvelle si seulement nous tenions jusque-là ? Un été en Virginie sans air conditionné, sans antitranspirant. Sans les jeux d'eau du parc sur Cherry Avenue ou les bâtonnets de glace à l'eau qui fondent dans leur mince emballage. L'été sans cette petite brise par les vitres ouvertes de la voiture qui file, ou le *tac-tac* hypnotisant du ventilateur de la chambre de Knox. Je sentais déjà la sueur inonder le creux de mes aisselles, de ma poitrine. Je suis montée à l'étage, voir comment allait MaViolet : elle dormait à poings fermés, la respiration pesante mais régulière. Je me suis forcée à rester à son chevet un moment, même si cela me coûtait. Que faisais-je vraiment pour l'aider ? J'ai levé les yeux vers la petite lucarne, bizarrement placée au-dessus de ma tête et projetant un jeu d'ombres et de lumières sur le plafond. Tout le temps que je suis restée avec elle, pas une seule fois MaViolet n'a ouvert les yeux.

J'ai traversé toute l'épaisseur de ce reste d'après-midi torride, et c'est alors que j'ai aperçu les jumeaux plus bas vers la lisière des arbres, occupés à déplacer un gros tronc. Puis j'ai vu KJ et Jobari, agenouillés dans la terre, et Imani à quelques rangs de plantations derrière, virevoltant. Et j'ai vu Ms Edith, à l'ombre sur une chaise, montrant à Yamileth comment coudre ses points bien droits. À voir leurs gestes restreints, éreintés, j'ai senti que ma colère elle aussi s'épuisait. Mon Dieu, j'ai pensé. Ce n'était qu'un enfant. Que m'arrivait-il ? Qu'avais-je fait ?

Da'Naisha, a dit quelqu'un.

C'était Carol, depuis le haut du perron Ouest. Mon prénom me semblait toujours écorché, chaque fois qu'elle le prononçait. *Ce serait trop te demander de venir m'aider ?*

Elle transportait une colonne de bols empilés, ainsi qu'un seau rempli d'ustensiles. La journée m'avait filé sous le nez. Le soleil commençait de décliner, enflammant la cime des arbres. C'était presque l'heure du dîner, déjà.

Laisse, je vais le faire, a dit Knox, surgissant derrière moi. J'avais gardé les yeux baissés, l'évitant autant que possible ce jour-là. Il a serré mon épaule au passage, avant de prendre le seau des mains de Carol.

Après le repas, les gens ont fait le point sur les préparatifs de la journée du lendemain. Mr Byrd et Devin avaient remis la Lincoln en état de marche, ils avaient vérifié les pneus et s'étaient assurés qu'elle démarrait sans problème. Georgie avait inspecté les routes qui descendent pour voir si elles n'étaient pas embroussaillées ou inondées. Ms Edith avait collecté nos adresses, dessinant et légendant l'itinéraire de First Street à la maison des jumeaux en passant par le quartier où habitaient les Flores. Knox avait déroulé le plan pour étudier avec Carol le trajet, de la colline à la ville et inversement. Je hochais la tête, étreinte pourtant par un vague sentiment de danger : quelque chose en moi savait.

On a dit que c'était vous deux qui descendriez, me suis-je entendue annoncer à tout le monde. *Et je suppose que c'est la chose raisonnable à faire. Mais j'irai quand même avec vous.* Après que j'ai dit ça, tout haut, je me suis sentie soulagée.

Il me semblait qu'il fallait que j'y aille parce que j'étais la seule à pouvoir récupérer les médicaments. Et aussi parce que j'avais besoin de voir notre petite maison, voir si elle était encore debout. J'avais besoin de voir les étagères de MaViolet ; toute une vie d'objets collectés. Au centre, il y avait une photo de nous trois : MaViolet, maman et moi. Un matin de Pâques, bien avant que j'apprenne que maman était malade. Avant même d'apprendre que les mamans pouvaient tomber malades au point de nous quitter en mourant. Sur cette photo, nous formons une trinité aux tons pastel : Momma entre nous deux, avec sa petite pochette en cuir blanc à chaînette dorée. Il me semblait que la maison de MaViolet était le musée de notre petite famille rabougrie, et j'avais *besoin* de la revoir, entre quatre murs ou en cendres, une dernière fois.

Ezra a dit, *Si tu y vas, alors moi aussi j'y vais.* Toutes les nuits, il en rêvait. *T'es grave, toi !* a dit Elijah. *Mais si c'est ça, j'y vais aussi.*

Pourquoi vous voulez tous retourner là-bas ? a dit KJ.

Devin s'est levé, et il a pris la parole, et tous les regards se sont tournés vers lui. Dans sa bouche entrouverte j'ai vu cette petite lueur dorée qu'on aperçoit quand on sait où regarder. Il a dit, *Il faut qu'on puisse se parler, et il faut qu'on s'écoute. Il faut qu'on puisse travailler ensemble.*

Même après qu'il s'est rassis, toute notre attention est restée rivée à lui.

Et Naïsha a toutes les raisons d'y aller, a continué Devin. Parce que j'étais futée et tenace, a-t-il ajouté, et donc si quelqu'un était capable de récupérer les médicaments, c'était bien moi. Moi qui avais eu le bon sens de nous conduire tous ici. Apparemment, Ezra lui avait dit que nous étions, MaViolet et moi, des descendantes de Monticello. *On a tous vécu ici, dans cette ville, cette région ou ces comtés, mais c'est comme si on n'y était pour rien dans tout ça. Comme si on n'était que des bons à rien ou je ne sais quoi. Mais qui serait foutu de me dire qui étaient les ancêtres de ma mère, ou qui étaient les ancêtres de mon père, dans le temps ? Il y a toutes les chances que mes ancêtres aient donné à cette terre leur sang, leur sueur et leurs larmes, pendant que ceux qui se disaient leurs maîtres ne faisaient qu'en tirer profit.*

Avant qu'on l'envoie vivre chez son oncle, Devin avait eu une vie de famille stable : une maman *et* un papa *et* une jolie maison de briques, pas loin du lycée. Puis une série d'aléas ordinaires avaient fait basculer cette existence, juste au moment où il entrait dans l'adolescence : la perte d'un emploi, une dépression non soignée, un événement violent. C'est là que la tristesse et la colère avaient dû s'insinuer dans son corps, vers dix, onze, douze ans. Quand j'ai recommencé à le voir dans le quartier de First Street, sa discrétion naturelle avait pris un autre tour, mais sa douceur de toujours continuait de transparaître quand nous nous retrouvions tous les deux.

Oui, c'est un risque à prendre, a conclu Devin, *mais si Naïsha sent qu'il faut que ce soit elle, si elle n'a confiance qu'en elle-même pour le faire, alors il faut qu'elle y aille.*

Le plan s'est froissé dans la main de Knox, et je voyais ses joues se crisper dans la tension de ses cogitations.

Il a dit, *Je ne sais pas.*

Devin a répété, *Il faut qu'elle y aille.*

Et moi j'ai dit, *J'y vais.*

Le jour fluctuait. Nous plissions les yeux, nous les laissions s'accommoder.

Pour finir, Devin a dit que *lui aussi* irait. Et les jumeaux resteraient pour protéger tout le monde ; ils étaient costauds, courageux, ils resteraient pour garder la maison. Tous les deux. Mais Devin et moi partirions avec Carol et Knox pour récupérer les médicaments et voir ce qui se passait en ville.

Il a dit, *On fera l'aller-retour vite fait.*

Jusqu'alors, Devin et moi avions soigneusement évité de nous croiser. Mais c'était décidé : nous partirions tôt le lendemain matin avec Knox et Carol. Mais nous resterions cachés dans le coffre, car notre couleur de peau nous mettrait en danger. Je n'ai pas dormi de toute la nuit, écoutant le trille des insectes, me demandant s'il valait mieux annuler. Si je me retirais, est-ce que les autres iraient sans moi ? Et s'il arrivait quelque chose à Knox, à Carol ou à Devin pendant que moi je restais en sécurité sur le domaine ? Et s'ils réussissaient à atteindre First Street mais ne parvenaient pas à récupérer les médicaments de MaViolet ? Je suis allée m'asseoir à son chevet pour lui parler doucement dans le noir. *Notre maison me manque, notre maison me manque, notre maison me manque, notre maison me manque, notre maison me manque.* MaViolet ne répondait pas. Dans son sommeil, les traits de son visage avaient une crispation nouvelle.

Nous nous sommes mis en route aux premières heures du matin, avant le jour.

Les jambes flageolantes, je suis descendue de la terrasse en bois et j'ai suivi Knox jusqu'à Mulberry Row, où nous avons retrouvé les autres : Mr Byrd et les jumeaux. Ira et Carol. Devin nous a rejoints en dernier, arrivant au petit trot des environs de l'étang. Il portait un tee-shirt uni qu'Ezra lui avait probablement passé et dont le blanc éclatant se détachait sur sa peau. La grande allée de terre d'ocre se déroulait tout droit devant nous, puis semblait disparaître au milieu des silhouettes noires des arbres.

Par-dessus mon épaule, j'apercevais le dôme de Monticello, sa masse ombreuse sur l'aurore naissante. À ses pieds, sur la pelouse Ouest, les tentes bulbeuses de la famille Flores s'irisaient timidement, tandis qu'entre les arbres le linge propre étendu se parait d'éclats. En bas de la pente menant au jardin, les ramures frémissaient sous le piétinement orchestral des pinsons. Nos outils laissés en bordure des sentiers ocre-brun, le gazouillis des oiseaux tout autour. Il y avait si peu de temps que nous étions là, et voyez tout ce travail abattu, tous ces efforts accomplis ! J'ai pensé alors, On descend en ville, on va récupérer les médicaments de MaViolet et on revient tous sains et saufs. À notre retour, je travaillerai plus dur encore : pour qu'on se nourrisse, pour qu'on soit à l'abri, sains et saufs. La vie. La liberté. Le bonheur.

Nous marchions d'un bon pas sans guère parler, chacun de nous dans ses pensées, jusqu'à ce que nous arrivions à la Lincoln de Mr Byrd, dégagée des broussailles la veille au soir. Jusque-là, hormis l'intrusion du garçon à l'orée de la route, personne n'avait pénétré dans notre fragile périmètre de sécurité. Mr Byrd a ouvert le coffre de la voiture, qui avait été entièrement vidé, à l'exception des câbles de démarrage. Une légère odeur d'essence s'en est dégagée, qui m'a retourné l'estomac. Comment allais-je faire pour tenir jusque là-bas sans vomir, et avec Devin à mes côtés ? Mr Byrd a glissé les clés dans la main de Knox. Il lui a dit, *Roule, tu vas y arriver.*

Puis il nous a réunis autour de lui pour nous repréciser le trajet le plus court, ainsi qu'un itinéraire alternatif.

Il a terminé en nous rappelant notre mission : récupérer les médicaments de MaViolet. Vigilance sur la route, vigilance dans le quartier, vigilance dans la ville. Trouver des piles si possible. Des denrées non périssables. *Et revenir*, a conclu Mr Byrd en donnant un coup de pied dans une branche tombée sur la route. Nous nous sommes séparés.

Knox m'a prise à part. *Tu es sûre, Da'Naisha ?*

J'ai répété, *Sûre…*, puis plus doucement, *Et toi, tu es sûr ?*

Carol a serré Ira dans ses bras, et elle a câliné la poule blanche qu'il avait apportée jusqu'ici; le volatile s'est ébroué, hérissant son plumage entrelacé de roux. Devin a fait un check à Elijah et Ezra, puis tous trois se sont enlacés. Knox m'a serrée fort contre lui, et j'ai enfoui mon visage dans le creux de son torse, priant une nouvelle fois, comme au chevet de MaViolet peu auparavant. Laissez-nous vivre, laissez-nous vivre. Le soleil perçait maintenant parmi les branchages, mouchetant de clarté nos bras et nos jambes, faisant scintiller tout plein de toiles d'araignée – mandalas de lumière se dessinant sur le bois autour de nous, encore invisibles quelques instants plus tôt. Je priais sans savoir quoi exactement, je priais vers l'avenir sombre, implorant sans mots, Laissez-nous revenir ! Puis je suis entrée dans le coffre, me forçant à refréner les tremblements que je sentais de nouveau envahir mes jambes, et me faisant toute petite.

Devin est entré après moi, avec son odeur de transpiration et de feu de bois – j'ai senti des vagues de chaleur déferler de son corps qui se contorsionnait pour se caler autour du mien.

Bonne route, a dit Mr Byrd, étalant sur nous une vieille courtepointe de Monticello, lourde et puant la moisissure.

Le *clac* du coffre qui se referme, et dans cette obscurité de plomb j'ai senti le moteur démarrer. Nous nous sommes mis en route, lentement d'abord, les pneus barattant les feuilles au sol. Le contact rêche du tissu sur nos peaux, et le son caillouteux de la route sous nos corps. Dans le noir, j'imaginais à quoi ressemblait le monde défilant dehors : j'ai cru reconnaître le pont de pierres claires, puis la route étroite qui allait nous ramener chez nous.

Dans mon dos, je sentais aussi le corps tendu de Devin. On aurait dit qu'il essayait d'éviter de me toucher, mais dans cet espace si restreint, c'était évidemment impossible. Je sentais ses jambes, son torse humide de sueur. Il avait passé son bras droit par-dessus ma hanche, juste à l'endroit où l'hématome me lançait. Dans cette main, il tenait l'une des armes de son oncle, un pistolet. À l'école primaire, Devin avait reçu le prix d'excellence en histoire. C'était lors de la cérémonie de remise des diplômes, sur une estrade mal éclairée, les filles portaient une jupe et des souliers à petits talons, les garçons avaient dû emprunter pour l'occasion une cravate, trop longue, si bien qu'ils devaient la rentrer dans le pantalon. Soudain, quelqu'un a brandi une plaque dans la lumière, déclarant solennellement que le nom complet de Devin serait bientôt gravé à la fin de la longue liste de ses prédécesseurs. Devin était déjà bien grand pour son âge, et il se tenait timidement voûté, inclinant la tête comme pour ramener à l'horizontale le léger biais de son dégradé un peu raté aux tempes. Maintenant c'était lui qui assurait notre sécurité. Qui nous avait tous protégés, cette nuit-là, dans First Street puis au pavillon d'accueil. Et c'était encore lui, là, qui nous protégeait, qui me protégeait. Mais de quoi rêvait-il d'autre ?

J'ai chuchoté, *On y est presque*, comme pour combler l'obscurité.

Et, presque en même temps, Devin a dit, *Naïsha. Je sais.*

Je me suis sentie prise au piège, littéralement, avec mes jambes repliées et mes bras pressés contre ma poitrine. J'ai serré les poings si fort que mes ongles se sont enfoncés dans mes paumes.

J'ai chuchoté, *Quoi ? Tu sais quoi ?*

Il n'est même pas au courant, c'est ça ? Il est de lui ou de moi ?

La voiture sinuait sur la route étroite, penchant d'un côté puis de l'autre – la même suite de virages en S – et mon ventre se serrait à chaque tournant. Avions-nous passé la taverne aux bardeaux blancs ? les façades de bois noir de la scierie et de l'épicerie générale ? Devin savait que j'étais enceinte. J'avais eu beau tout faire pour le dissimuler, il savait.

J'ai dit, *Je n'ai pas voulu ça.*

Même dans l'exaspération ou la colère, Devin parlait avec douceur. Il a dit, *C'est toi qui es venue me voir.*

D'un seul coup, nous avons senti la voiture freiner violemment, et ça nous a fait ravaler tout ce que nous avions à nous dire. Ensuite le véhicule a repris de la vitesse, virant si brusquement que nos corps ont été projetés ensemble sur le côté. Une sorte de tension électrique m'a rempli la poitrine, mais je n'avais nulle part où évacuer cet excès d'énergie. Une sensation de voguer dans les airs ; puis quelques à-coups, et tout est retombé dans une quasi-immobilité. Avec un bruit d'explosion étouffée.

Il y a eu le grincement d'une portière qui s'ouvre, des bruits de pas, tandis que le bras de Devin se plaquait farouchement contre le mien.

C'est fini, me suis-je entendue penser.

Même si Devin tirait sur le type qui ouvrait ce coffre, même s'il y parvenait… J'avais la tête à nouveau envahie par un bourdonnement, mais le claquement sec du loquet du coffre l'a coupé net.

Je ne suis pas prête, me suis-je entendue penser.

Je veux terminer l'université.

Je veux avoir ma première classe remplie d'enfants de huit ans et regarder chacun d'eux inscrire son nom à son petit bureau.

Je veux voir ma grand-mère se remettre sur pied.

Une lumière aveuglante a déferlé sur l'arme braquée de Devin, mais c'était Knox, ce n'était que Knox, et son visage avait perdu toutes ses couleurs, ses traits anguleux toute leur vivacité. Il m'a extirpée du coffre et tirée à lui. J'ai eu du mal à reconnaître son corps, comme saturé d'adrénaline et de peur, ou peut-être était-ce le mien. Puis Devin est sorti à son tour, et quand il s'est redressé la courtepointe a glissé à ses pieds.

Quoi ? Qu'est-ce…, a bégayé Devin.

Knox désignait du bras les flancs de la colline. *Oh putain ! Ils arrivent !*

Nous étions à mi-chemin d'une allée, nous venions d'emboutir une barrière qui avait plié sans céder sous le choc, et une voiture montait vers nous, dont on ne distinguait pas les occupants. Le capot de la Lincoln était froissé, le blanc d'un airbag remplissait le siège passager. Je me suis précipitée. Carol y était toujours assise, me regardant, hébétée. C'est là que j'ai entendu un bruit de pétarade.

Baissez-vous ! Derrière la voiture ! a crié quelqu'un.

On a crié mon nom.

Était-ce Knox.

Était-ce Devin.

Knox est accouru, et ensemble nous avons extrait Carol du véhicule. Entre le capot de la voiture et la barrière défoncée, nous nous sommes tapis tous les trois, Knox un pas devant, les bras tendus en arrière, comme s'il nous servait de bouclier. Devin était resté debout près du coffre ouvert. Dans sa main, le pistolet avait l'air d'un jouet.

Restez à terre, a-t-il dit.

Et ce bruit de nouveau, retentissant, percutant. J'ai vu des feuilles tressauter.

Devin maintenait son arme braquée, le bras tendu comme une flèche. Il marchait le torse fléchi, faisant un pas puis un autre, réduisant la distance entre lui et l'autre. Et il tirait lui aussi, il ripostait. J'ai entendu un grognement sourd, puis des cris qui n'étaient pas les nôtres. Quand j'ai relevé la tête, j'ai aperçu deux hommes entre les arbres, en tenue de camouflage vert forêt et brun, avec cet éclat bleu épinglé au bras. L'un des assaillants se tenait plié en deux, agrippant le haut de sa cuisse comme un trophée ensanglanté. Devin venait-il de lui tirer dessus ? Il avait dû le toucher, car l'autre homme avait cessé le feu pour mettre son compagnon blessé hors d'atteinte.

J'ai crié, *Devin !*

J'étais juste derrière lui, je l'ai attrapé par le bras, mais il n'a pas eu l'air de sentir mes mains sur lui. Sans même se retourner vers moi, il a continué de faire feu. Comme je le tirais par le bras, la trajectoire de sa dernière balle a dû se trouver modifiée, se perdre. Les deux assaillants, disparus parmi les arbres, étaient probablement en train de se mettre à l'abri, ou alors de claudiquer vers leur véhicule un peu plus bas.

J'ai dit, *Partons d'ici.*

Devin s'est retourné vers nous comme pour embrasser la scène du regard. La voiture détruite, le pistolet dans sa main. Le visage cramoisi de Carol, et Knox à mi-chemin entre nous, pâle et incrédule. J'ai senti sous mes doigts la peau de Devin, et j'ai relâché son bras. Sans un mot, tous ensemble, nous nous sommes élancés, contournant la barrière défoncée pour rejoindre l'allée pavée. Et tous ensemble, nous l'avons remontée au pas de course.

X

La route était escarpée et sinueuse. Pavée, bordée par les bois, elle partait en coude dans un sens, puis dans l'autre. Nous gravissions la pente au pas de course, trébuchant, nous arrêtant parfois pour respirer. Dans cette précipitation, Knox m'a saisie par le bras, voulant s'assurer que j'allais bien. Je me suis contentée de hocher la tête.

D'une voix trouble, comme ivre, Knox nous a raconté ce qui s'était passé plus bas. Il avait vu ce pick-up abandonné au milieu de la route, juste au début de la montée que nous étions en train de gravir. Ça ne ressemblait pas à une embuscade comme l'avait décrite Lakshmi – on ne voyait personne, ni à l'intérieur du véhicule ni à l'extérieur. Knox avait espéré qu'il s'agissait d'une panne d'essence. Mais quand il s'en était rapproché, il avait vu une tête, puis un homme, surgir du plateau arrière. Braquant un fusil. Lui criant de s'arrêter.

Knox ne s'était pas arrêté. Impossible, nous a-t-il dit.

Il avait ralenti, puis accéléré, et au dernier moment il avait bifurqué à gauche pour nous rejoindre. Mais l'assaillant l'avait pris en chasse. En fait, ils étaient deux. Peut-être ces types savaient-ils, pour la barrière. Mais Knox ne savait pas. Quand il l'a aperçue, il a foncé dedans pour passer en force.

C'est difficile pour un corps humain de courir en montée. Les sandales de Carol claquaient sur les pavés et la respiration de Knox s'éreintait, ses paroles entrecoupées de pauses par manque de souffle. Je me suis sentie vaciller vers l'avant, la gorge tapissée de peur, une peur au goût de fumée. Ma bouche se remplissait de salive tiède et de morve, au point que j'ai dû m'arrêter pour cracher, toussant, suffoquant. J'avais envie de vomir tout ça – me débarrasser de cette nausée – mais je ne parvenais qu'à me soulever le cœur.

Naïsha, on continue, a dit Devin.

Je ne pouvais toujours pas poser le regard sur lui. Encore moins depuis que je savais qu'il savait. Mais au fond, je ressentais comme un soulagement – à l'idée que quelqu'un d'autre sache.

Nous avons repris la marche, à vive allure.

Est-ce que c'étaient les mêmes ? a commencé Knox.

Et j'ai dit, *Le bleu. Ces hommes dans First Street portaient les mêmes brassards bleus.*

La peur nous projetait en avant, même si nos poumons brûlaient dans l'effort, même si Carol se retournait sans cesse pour surveiller le bas de la route. Knox me tirait par le poignet, et sa pomme d'Adam tressautait à chaque déglutition. Devin avait toujours le pistolet à la main, contre sa jambe, comme s'il se tenait prêt à s'en servir, ou comme s'il avait oublié qu'il l'avait dans la main. Bien sûr que c'étaient les mêmes hommes qui bloquaient la route, même si je ne voulais pas encore me résoudre à y croire. J'aurais voulu croire qu'ils avaient rangé leurs armes, qu'ils s'étaient débarrassés de l'odeur d'essence qui leur collait aux mains, et qu'ils se servaient maintenant de ces mêmes mains pour caresser leurs femmes ou porter leurs enfants. Qu'ils s'en serviraient pour accomplir quelque chose d'utile, pour réparer, même. Car qui au juste pouvait bien profiter de cette faillite du monde ?

Carol ralentissait, vacillant dans un flot de lumière, et nous avons tous saisi ce moment de flottement pour reprendre haleine. Elle n'avait pas dit un mot depuis que nous l'avions extirpée de la voiture. J'ai cherché sur elle d'éventuelles traces de sang ou de fracture. Elle avait l'air indemne, mais ses yeux étaient anormalement sombres, comme si le brun de ses iris avait mangé tout le blanc autour.

Tu as tiré sur cet homme, a dit Carol, s'adressant à Devin. *Maintenant, ils vont nous traquer et nous canarder.*

Devin a baissé les yeux vers son arme et l'a glissée hâtivement à sa ceinture, rabattant son tee-shirt par-dessus avant de se tourner vers elle.

Vous auriez voulu que je fasse quoi à la place ?

Nous nous sommes remis en marche, longeant une glissière de sécurité métallique, puis un ravin. Traversant des nuées de moucherons rassemblés en globes luminescents. L'air était plein de l'odeur mûre et roussie du printemps finissant.

Où mène cette route ? a demandé Knox.

J'ai compris où nous étions en le disant : *C'est la route du verger.*

Nous marchions aussi vite que nous le pouvions, le dos dégoulinant de sueur. J'avais terriblement soif, mais le sac contenant l'eau et les provisions était resté dans la Lincoln. Au loin j'entendais des chiens aboyer.

J'ai dit, *Le sommet ne devrait pas être loin.*

Enfin les bois se sont éclaircis, cédant la place aux prés. Le feu du soleil nous brûlait le cuir chevelu et embrasait de reflets les hautes herbes. Les collines s'élevaient en rondeurs, bordées de treilles entremêlées de vigne. Au-devant, sur la droite, nous arrivions en vue d'un grand parking gravillonné. Et par-delà, des rangées de pommiers, lambeaux de fleurs et de feuillages battus par les intempéries.

Devin a dit, *Mais... la route se termine ici ? On va où maintenant ?*

Hormis quelques véhicules épars, le parking était désert. Tout au fond, on apercevait ce qui devait être un ensemble de granges, couleur rouge brique, et juste derrière des tables de pique-nique disposées en cascade dans la descente. Quand je travaillais à Monticello, les touristes avaient pour habitude de se rendre à la demeure de plantation après une halte dans ce verger pour y cueillir des fruits. L'automne venu, on les voyait avec leurs citrouilles dans les bras, ou achetant du cidre, ou accompagnant leurs enfants en balade sur un tracteur.

J'ai dit, *Il faut se mettre à couvert.*

Nous avons arpenté le parking de long en large, scrutant l'intérieur des voitures à travers les vitres, les déverrouillant si possible, nous demandant si nous ne pourrions pas essayer d'en démarrer une. Mais où irions-nous ? Tout ce qui se trouvait sur cette colline – sur le parking et sous les arbres fruitiers – était immobile, sauf nous. En avançant sur l'étendue de gravillons, nous nous sommes aperçus que le bâtiment le plus proche avait subi d'importants dégâts : sa toiture était arrachée. Des débris s'étaient accumulés dans une brèche, et cela faisait comme un gigantesque nid d'oiseau. Derrière nous, la route était déserte, mais pour combien de temps encore ? J'étais certaine que des hommes allaient surgir d'un moment à l'autre. Combien de temps cela leur prendrait-il de trouver la Lincoln et de passer la barrière ? On entendrait peut-être leur pick-up monter – mais sans doute qu'ils arriveraient avec plus d'hommes, plus de véhicules, plus d'armes.

Knox a dit, *On pourrait se cacher dans un de ces bâtiments.*

Devin a décollé de son torse le tee-shirt trempé de sueur. *Si on va se cacher là-dedans, on fera quoi quand ils vont se pointer ? Je leur ai tiré dessus, tu te souviens ?*

Tu ne leur as pas seulement « tiré dessus », a dit Knox. *Tu les as touchés, tu as touché l'un d'entre eux.*

Knox avait repris un ton mesuré, mais distant, comme quand il se concentrait sur une équation difficile.

Putain mais vous auriez voulu que je fasse quoi ? a dit Devin. *Que je les laisse vous plomber ? Nous plomber ?*

Knox continuait de cogiter, fixant le vide au-dessus de Devin comme si la réponse flottait là-haut. *Quand j'ai vu ces hommes,* a repris Knox, *j'ai su qu'il ne fallait pas s'arrêter. Vous étiez dans le coffre. S'il avait été vide, ils nous auraient peut-être laissés passer...*

Tu penses que c'est ma faute ? Que c'est notre faute ? a dit Devin, mettant la main à la poitrine, puis me désignant du doigt.

Le regard de Knox est redescendu se poser sur lui. *Ce n'est pas ce que j'ai dit.*

Devin semblait pris d'une incontrôlable agitation nerveuse, même s'il se tenait solidement campé sur ses deux jambes. *Mais c'est ce que tu penses, non ?*

Knox a levé les mains vers lui, en signe de défense, exactement comme le premier soir après que Devin avait donné un grand coup dans le Jaunt.

Knox a dit, *Pourquoi tu me détestes à ce point ?*

Devin a répliqué, *Pourquoi tu as tellement besoin que tout le monde t'aime ?*

Je ne suis pas comme eux, a protesté Knox, et j'ai deviné dans les traits de son visage une tristesse nouvelle, ou peut-être, justement, celle qui m'avait attiré vers lui dès le début.

Alors fais quelque chose, a dit Devin.

Knox a laissé retomber ses mains. *Putain mais qu'est-ce que tu veux que je fasse ?*

Je les regardais aller et venir, et je sentais mon corps devenir si pesant – il y avait tant de souffrance, et pas seulement en moi. *C'est moi qui nous ai conduits ici*, ai-je fini par dire d'une voix submergée par cette douleur. *C'est moi qui nous ai mis dans cette merde et j'ai besoin de vous deux pour qu'on trouve le moyen de s'en sortir. Alors vous n'avez qu'à dire que c'est ma faute et vous arrêtez de vous gueuler dessus, d'accord ?*

Devin et Knox se sont tus, ravalant leurs mots, suspendant leur querelle. Sans l'intervention de Carol, ils s'y seraient sans doute bientôt remis. Elle avait marché jusqu'au bout du parking, qui dominait les alentours. Et les mains en visière devant les yeux, elle regardait en direction du nord, vers la ville. Elle a dit, *Vous voyez ce que je vois là-bas ?*

Nous nous sommes rapprochés pour regarder à notre tour. Par-delà la cime des arbres, une brume obscurcissait la vue, un nuage de fumée s'échappait d'un endroit qui nous semblait proche de la route en contrebas. Un feu de forêt, peut-être, comme sur la côte Ouest, mais cette fumée-là semblait plus localisée. J'essayais d'imaginer le paysage que nous surplombions. Qu'y avait-il là-dessous, entre nous et la grande route, hormis les bois ? La fumée semblait s'élever d'un ensemble de bâtiments en ruine, le Blue Ridge Sanatorium, une institution qui accueillait jadis des patients blancs tuberculeux, auxquels elle vantait les bienfaits du soleil et du grand air. Par la suite, ce lieu avait été utilisé à d'autres fins, avant d'être racheté par l'université, mais il était resté fermé au public pendant de nombreuses années. Je n'y étais allée qu'une seule fois : c'était au lycée, j'avais été invitée par deux camarades blanches que je fréquentais dans mes cours de spécialité. Je les avais retrouvées sur le parking près du chemin de randonnée Saunders-Monticello à l'intérieur de deux 4×4 où elles se tenaient au milieu de gars de l'équipe de football. Nous avions marché dans la nuit noire, puis escaladé la clôture. Les garçons étaient venus avec des sacs à dos remplis de bières. L'un d'entre eux avait su que le gardien serait absent tout le week-end – on ne se ferait pas choper, nous avait-il assuré. Mais lorsque nous étions arrivés devant ces vieilles bâtisses à la magnificence flétrie – la résidence majestueuse à la façade entièrement barricadée de bois, la chapelle envahie de mousse, et les gars de l'équipe déjà occupés à démarrer un petit feu à même le pavé –, je ne m'étais pas sentie en sécurité. Et je n'étais pas restée.

Carol a dit, *Encore des maisons en feu.*

Knox, Ou *un feu de camp, peut-être ?*

Devin s'est tourné vers moi. *Tu crois que c'est les mêmes ? C'est forcément les mêmes… hein ? Naïsha ?*

Je tiraillais nerveusement mon col trop large. J'ai dit, *Y a des chances.*

Mon Dieu, regardez la ville ! s'est écrié Devin.

À travers l'éventail de fumée bleue, nous apercevions une série de toits rouges intacts, mais aussi des traces noires aux endroits où auraient dû s'élever certains des bâtiments du bord du lac. Une fumée huileuse montait de ce qui semblait être le quartier Belmont, et un étrange damier de ruines avait recouvert le centre-ville et le nord, faisant alterner décombres carbonisés et zones indemnes. Près de l'université, l'imposante tour blanche de l'hôpital n'était plus qu'une carcasse noircie : ma ville natale tout entière, une mosaïque de ruines.

Da'Naisha…

En me retournant vers Knox, j'ai vu les gens derrière lui.

De l'autre côté du parking, un groupe d'hommes était apparu là où, quelques instants plus tôt, nous n'avions perçu aucun signe de présence humaine. D'autres silhouettes ont alors émergé au compte-gouttes des bâtiments rouge brique, dessinant une tresse épaisse. Des hommes, des femmes et des enfants se rassemblaient ainsi autour de la grange dévastée, nous révélant peu à peu leur nombre : il devait y avoir cinq fois plus de personnes que n'en comptait notre petite communauté du haut de la colline. Un trio de chiens, des border collies, bondissaient et aboyaient au milieu.

Carol a dit, *On fait quoi ?*

Les gens du verger se sont avancés vers nous, marchant en ligne, avant de s'arrêter à une distance équivalant à la longueur de trois voitures, peut-être. Puis la ligne s'est incurvée autour de notre quatuor comme un fer à cheval géant ou une grosse corde qui se resserre. Nous avons vu des visages, rosis ou bronzés, se pencher. Des yeux se plisser sous les chapeaux de soleil et les casquettes de baseball. Quelques mains soulevant des pelles, des haches, des houes, et au milieu une poignée d'hommes armés de carabines, canons pointant vers le sol. S'ils pouvaient nous faire du mal, ça n'avait pas l'air d'être leur objectif.

Nous avons tous mis les mains en l'air. Même Devin. Il avait toujours son arme glissée à la ceinture, dans le dos, mais son tee-shirt blanc, trempé, était à présent aussi translucide qu'un voile. J'ai pensé, Pourvu, pourvu qu'ils ne voient pas le pistolet.

Un homme vêtu d'un jean et d'une chemise est sorti du rang pour se poster à mi-chemin entre son groupe et le nôtre. Il avait une musculature sèche, le visage émacié et les traits marqués par l'âge ou l'éreintement. Il était tête nue, à la différence de tous les autres. Ses cheveux, châtains et parsemés de mèches argentées, lui coulaient sur la nuque en s'évasant. On l'aurait presque pris pour un paysan miséreux, s'il n'avait eu cette petite lueur dans le regard. Les trois chiens, pelage noir et blanc, couinaient docilement à ses pieds.

Les temps sont durs, a dit l'homme. Derrière lui, d'autres ont hoché la tête ou se sont raclé la gorge. Quelques-uns ont tapoté le tapis de gravillons de la pointe de leur outil. *Mais ici, on se tient à l'écart des ennuis.*

Écoutez, a commencé Devin, électrisé par cette sensation d'urgence que j'avais moi aussi sentie me traverser un peu plus tôt. *Ces fanatiques sur la route en bas, ces putains de malades, ils nous tiraient dessus, ils nous ont pris en chasse…*

L'homme du verger lui a coupé la parole. *Ici, il n'y a que des gens bien.*

Il a jeté un regard appuyé à Devin, qui, comme chacun de nous, transpirait beaucoup ; puis il s'est éloigné.

Ils allaient nous tuer, s'est exclamé Devin.

Ma seule pensée à cet instant était, Les mains en l'air, Devin – garde tes mains en l'air !

Lui, là, a dit l'homme en pointant du doigt Devin tout en s'adressant à Knox et Carol. Et à moi aussi. *Calmez-le. Il a pris quelque chose ?* À sa voix si posée, nous comprenions qu'il valait mieux ne rien répondre. Carol a fait mine d'émettre un petit son, comme un mot resté coincé dans sa gorge.

Bordel, s'est étranglé Devin avant de lever les bras en l'air, s'immobilisant, se statufiant comme une figurine en perpétuelle capitulation.

Non, a dit Knox. *C'est vrai ce qu'il dit. Des hommes nous ont barré la route. Nous ne savons pas qui c'est. Ils nous tiraient dessus. Nous craignons qu'ils nous pourchassent jusqu'ici.*

L'homme l'a toisé de la tête aux pieds. *Nous, on se tient à l'écart des ennuis.*

Aidez-nous, a insisté Knox. *Il faut qu'on parte d'ici, il faut qu'on retourne à…*

Sa voix s'est éteinte et ses yeux clairs se sont détournés, comme s'il avait perdu le fil de son propos et cherchait à le retrouver dans l'air vaporeux. Où espérait-il retourner, exactement ? À First Street ? Sur le campus ? Dans l'État de Washington ?

J'ai dit, *Monticello.*

J'avais les bras qui tremblaient à force de lever les mains en l'air.

Autour de nous, les gens du verger toussotaient et se dandinaient d'une jambe sur l'autre, comme si l'effarement de notre désespoir s'était propagé dans leurs corps. *Aidez-nous à retourner à Monticello*, ai-je dit ensuite en prenant une voix aussi mesurée et apaisante que possible. Mais la gorge me brûlait comme si on m'avait fait avaler des braises.

L'homme du verger semblait considérer ma requête.

C'était un plaisir de vous rencontrer, a-t-il dit pour finir avec un regard vers le reste du groupe derrière lui, dont beaucoup ont acquiescé. *Mais j'ai bien peur qu'aider des gens comme vous ne nous cause que des ennuis.*

Des gens comme nous, a répété Devin.

Partez de vous-mêmes, sans quoi nous serons obligés de recourir à la force, a dit l'homme.

Il faut absolument que vous nous aidiez, a dit Knox. *Il le faut.*

Carol faisait encore son petit bruit de cri réprimé.

Les gens du verger avaient commencé de se retirer, et seule une poignée d'hommes – ceux armés de carabines – restaient à nous surveiller. Nous repartions vers l'allée pavée d'un pas hésitant mais empressé, les épaules rentrées. Nous avions pris quelque distance lorsque Carol s'est retournée et s'est mise à courir en sens inverse, faisant ricocher les gravillons sous ses sandales. Nous l'avons rattrapée juste à temps, l'agrippant par les coudes pour l'empêcher d'aller plus loin. Elle a crié un nom par-dessus la tête des hommes aux carabines, interpellant les dos tournés des gens du verger, qui regagnaient la première grange.

Lorraine ! a crié Carol, répétant, *Lorraine !* d'une voix de plus en plus forte. *Lorraine !*

Carol reconnaissait ou croyait reconnaître l'une des femmes. *Lorraine, je te vois ! Je t'en supplie, Lorraine, dis-leur qu'il faut nous aider !*

Mais ni Lorraine ni personne ne lui a répondu.

XI

Alors nous avons su, indubitablement. Des hommes blancs se tenaient prêts à nous abattre tout le long de la route qui menait à la ville. Et nous serions d'autant plus bouleversés, à notre retour sur la colline, quand nous découvririons, cet homme noir, isolé, désarmé, ligoté, nous attendant.

Nous avons regagné Monticello en fonçant tête baissée à travers la futaie d'un bois encore inexploré, à mi-chemin de la longue allée pavée du verger. Nous avons dû escalader des ravines, gravir des talus si abrupts que nos chevilles nous élançaient. Des légions de tiques à l'affût parmi les hautes herbes nous remontaient le long des mollets, faisaient tout pour s'incruster dans nos chairs avant que nous les chassions. Il existait une passerelle en bois qui nous aurait permis de parcourir plus commodément les quelques kilomètres qui nous restaient. Mais cet itinéraire moins pénible, tout comme la route que nous surplombions, risquait de nous mettre plus à découvert que nous ne l'étions dans ce bois. Enfin nous sommes arrivés, dégoulinants de sueur, les poumons en feu, envahis par une faim sourde et caverneuse.

Alors que nous émergions du taillis, titubant vers le pavillon d'accueil, le trio des veilleurs de garde – Lakshmi, Gary et Ira – s'est précipité à notre rencontre. Mais ce n'était pas exactement pour s'entendre raconter la terrible aventure, et pourquoi nous revenions sans la voiture, mourant de soif. C'était surtout pour nous alerter de la présence d'un autre inconnu sur le domaine. Ira étreignait Carol, et Gary nous passait des bouteilles remplies d'eau de la citerne ; ses mèches de cheveux noires et bleues dégoulinaient, comme imbibées de moiteur. Avions-nous atteint la ville ? Vu First Street ? demandaient-ils. Non, leur répondions-nous.

Faites vite, a dit Lakshmi. Elle avait dû trouver un tube de rouge à lèvres quelque part ; ses lèvres étaient soulignées d'un ton rouille intense. *Il est là-haut, dans la maison. Allez voir.*

Sur l'esplanade à l'arrière du bâtiment, il n'y avait personne en vue. Personne en train de s'occuper des plantations du potager ou de jouer sur les terrasses latérales. Personne sur la terrasse Sud ou du côté des cabanons reconstitués de Mulberry Row. Un vent caniculaire soufflait et me faisait me sentir toute légère, comme sur le point d'être emportée jusqu'aux volutes vaporeuses des nuages. Ils filaient au-dessus de nos têtes, projetant à nos pieds leurs ombres insolites.

Carol et Ira se sont dirigés vers leurs quartiers, dans les ateliers de filature en surplomb des jardins, tandis que Knox et Devin m'emboîtaient le pas. À vive allure, nous avons traversé la serre et le cabinet de travail encombré de Jefferson. Dans la chambre de MaViolet se trouvait Ms Edith, assise le dos bien droit dans son fauteuil habituel près de la fenêtre, les mains occupées à quelque ouvrage posé sur ses genoux. Notre entrée en catastrophe l'a sortie de sa concentration, et elle a déplissé les yeux pour s'adresser à nous comme à des enfants. *Est-ce que vous avez pu récupérer ses médicaments ? Est-ce que nos maisons sont encore debout ?*

J'ai secoué la tête, embrassé la joue de MaViolet. Elle s'était affaiblie à vue d'œil depuis ma visite aux aurores. Elle gardait les yeux clos, mais elle avait sur le visage une ombre que je ne lui connaissais pas, une crispation que j'aurais tout donné pour pouvoir apaiser. Un mélange d'odeurs corporelles et de cendre de bois emplissait la chambre, et j'ai pensé que ces odeurs émanaient peut-être de nous : de ma peau, de celle de Devin et Knox. Dans mon dos, j'ai entendu Devin demander où était le nouveau-venu. De son doigt noueux, l'aiguille entre les dents, Ms Edith nous a montré l'esplanade au-devant.

Là, devant le perron Est, vers le semblant de portique formé par les deux tilleuls jumeaux, tout le reste du groupe s'était rassemblé. Aussitôt j'ai aperçu l'inconnu, qui gardait la tête baissée. En m'approchant, j'ai vu qu'il était assis. Les poignets et les chevilles noués aux montants de la chaise noire qui le portait. Son tee-shirt et son pantalon étaient en loques, et une fois arrivé juste devant lui, j'ai vu aussi qu'il était pieds nus. Et j'ai pensé, Qui sommes-nous pour faire subir une chose pareille à un être humain ? Que sommes-nous devenus ? Plus tard seulement, j'allais comprendre notre erreur : lui avoir dévoilé combien nous étions peu nombreux.

Vous êtes revenus ! s'est écrié Ezra, et les jumeaux sont allés serrer Devin dans leurs bras.

De brèves exclamations de joie se sont élevées de la petite assemblée, soulagée de nous revoir. Mais les accolades nous ont semblé manquer de souffle. Et le peu d'air qui leur restait dans les poumons, ils s'en sont servis pour nous poser des questions à propos de la ville, puis pour nous raconter ce qui s'était passé avec l'homme ligoté là, en nous tirant bien à l'écart sur le sentier pour qu'il n'entende pas.

Des nouvelles de la maison ?

La tombe de Papa ? La maison jaune ?

Les gens du quartier ?

Et donc ils ont bloqué la route. C'est bien ce que je craignais.

Cet homme... c'est dingue ! Il est monté à pied jusqu'ici, sans chaussures ni rien. Il n'arrête pas de répéter tout le temps la même chose !

Il avait surgi aux abords du perron Est peu après notre départ au petit matin, nous ont-ils raconté. Il avait pris par les bois au nord-ouest du domaine, évitant ainsi de passer par le pavillon d'accueil. KJ, qui jouait à cache-cache sur les marches, comptant jusqu'à cent la tête baissée mais jetant quand même des petits coups d'œil alentour, était le premier à l'avoir vu arriver. Aux premiers cris de KJ, Mama Yahya avait accouru, le bébé tressautant dans les bras. Mr Byrd était arrivé aussitôt après, laissant son fusil à l'intérieur. Tous l'ont dit, l'inconnu avait continué d'avancer comme ça, les bras pendants et ballants. Il avait continué, même après que Yamileth était allée chercher le fusil de Mr Byrd. Même après que Mr Byrd avait levé vers lui cette arme, lui commandant de s'en aller. Même après qu'Elijah avait foncé sur lui, la voix aussi forte que son corps en imposait. Cette absolue indifférence devant leurs menaces les avait tous précipités dans une telle panique que nous en ressentions encore l'intensité des heures après.

Finalement les jumeaux, d'un commun accord, avaient plaqué l'homme à terre – vu qu'il refusait de s'arrêter –, mais bien sûr personne n'aurait pu lui tirer dessus, à cet homme noir aux yeux hagards qui se présentait là, désarmé.

Mes fils et moi, on l'a attaché, a dit Mr Flores. *Y avait aucune arme sur lui.*

Mr Byrd a fait un petit point de la situation pour ceux d'entre nous qui avaient tenté de regagner la ville sans y parvenir. *Allez donc écouter ce qu'il est venu dire. Ça fait cent fois qu'il nous répète la même chose.*

Nous sommes revenus sur nos pas, faisant cercle autour de l'homme aux pieds nus. Il avait la peau sur les os, comme moi le teint assez foncé, et il était crasseux. Âgé d'une trentaine d'années, il portait le même brassard bleu que les hommes qui avaient mis le feu au quartier, sauf qu'il ne tenait pas en place sur son biceps émacié et retombait à son poignet comme une manchette. En regardant de plus près, j'ai vu l'emblème qu'il arborait : un drapeau de l'État de Virginie, placé à l'envers.

Knox examinait son profil.

Devin s'était accroupi pour le regarder dans les yeux.

Je me suis rapprochée de lui et j'ai dit, *Qu'est-ce que tu veux ?*

De près, l'homme sentait la sueur, l'urine et les excréments. Ses pieds nus étaient couverts d'écorchures et d'entailles ensanglantées. La longue marche m'avait donné terriblement soif, mais c'est à ses lèvres gercées que j'ai porté ma bouteille. Il y a bu goulûment, jusqu'à ce que je la retire.

Puis Mr Byrd s'est adressé à lui. *Redis-leur exactement tout ce que tu nous as dit.*

L'inconnu se débattait dans ses entraves. Il a relevé la tête et ouvert grand la bouche, avant de se lancer. Et il a pris la parole, le ton guindé, la diction bien trop pincée.

J'ai le privilège d'être autorisé à parler au nom des Vrais Hommes, au nom des Patriotes. Ils déclarent, Nous avons été choisis pour purger le grand État de Virginie de ses ténèbres. Ils déclarent, Nous nous engageons à faire ce qu'il faudra pour restaurer notre Héritage ! Nos Monuments ! Notre Sang ! À mesure que l'homme parlait, à sa façon de précipiter les mots les uns à la suite des autres, il apparaissait évident qu'il récitait un texte. *Ils… Nous agirons en toute diligence et souveraineté pour remédier à ces temps de chaos ! Nous n'admettrons aucun échec, afin que jamais ce Commonwealth n'échoue, que jamais l'Amérique n'échoue…*

J'écoutais sans rien dire, m'efforçant d'encaisser tout ça, peinant à tenir ma langue, à me contenir. Toujours à deux doigts d'intervenir, de réfuter, de rétorquer, mais tout ça m'hébétait tellement : son état avili, l'élocution factice, l'aplomb de ce discours.

Ezra a dit, *Il est fou, c'est ça ?*

L'homme continuait de parler, mélangeant le *nous* et le *ils*, puis se reprenant pour rectifier. Vers la fin de son laïus, il a voulu se lever, oubliant – j'imagine – qu'il était attaché. Cela donnait l'impression qu'on lui avait fait répéter ce discours encore et encore, et toujours debout.

Ce faisant, le ton de sa voix s'élevait en même temps

que son regard vers nous. *Vous êtes des intrus !* s'est-il écrié, postillonnant, montant crescendo dans les aigus. *Vous êtes redevables d'une dette incommensurable ! Pour toutes vos aides sociales, pour tous vos logements sociaux, pour toute votre délinquance. Vous nous êtes redevables pour toute votre progéniture qui pollue nos piscines et nos salles de classe. Vous nous êtes redevables pour cette Grande Demeure et ce Grand Homme, qui sont à nous !*

J'ai repensé à cette jeune femme blanche, tuée par un homme au volant de sa voiture-bélier, et morte aussi d'en avoir eu le cœur ravagé. J'ai repensé à la diversité des groupes qui se rassemblaient autour de la statue de Jefferson sur le campus universitaire, à ceux qui encerclaient les monuments anciens dans les jardins publics de la ville. La menace que constituent ces reliques statuaires m'était apparue lorsque j'en avais appris davantage sur le contexte de leur édification. Mon inquiétude a encore grandi quand j'ai vu ces hommes défiler au pas et entonner leurs chants effroyables autour de ces monuments. Comme pour glorifier la mémoire d'une histoire dont ma famille espérait que l'Amérique n'oublierait jamais l'innommable. Quand l'inconnu s'est mis à parler, ses propos m'ont renvoyée, une fois de plus, à cette nuit où j'avais épié la rue à travers les stores du salon de MaViolet. À ce fourgon blanc sans vitres stationnant de l'autre côté de la rue, à l'adolescent en sang qui se débattait pendant qu'ils le jetaient à l'intérieur. Qu'avaient-ils fait à ce garçon ? Cet homme hagard qui nous parlait, est-ce qu'il avait lui aussi été kidnappé dans un quartier comme le nôtre ? Il levait la tête vers le toit de la maison, regardait sa girouette penchée ; il y avait quelque chose de mort au centre de son regard, là où aurait dû se trouver la lumière, là où nous aurions dû voir notre reflet.

Rendez la Demeure ! Sa voix était retentissante. *Rendez la Demeure dans les quarante-huit heures, sans quoi elle sera prise d'assaut et libérée !*

L'homme s'est effondré la tête en avant mais sans tomber pour autant, puisque ses liens le retenaient. Malgré tout le mépris que j'éprouvais à son égard, j'ai de nouveau porté de l'eau à ses lèvres. J'avais du mal à le regarder, après le sinistre message qu'il venait de nous délivrer : voilà ce que les hommes d'en bas pensaient de nous, voilà ce qu'ils espéraient accomplir. Ils pensaient que *nous* leur étions redevables. Ils pensaient ne pouvoir se sentir en sécurité qu'à la condition que nous ne nous sentions jamais en sécurité, pas même dans notre propre corps. Leurs revendications, leur violence, foulaient aux pieds l'existence même de ma famille : MaViolet, Momma et moi. Je l'ai ressenti alors, au plus profond de moi et peut-être pour la première fois, ce lien, comme une corde ou un pont entre Monticello et moi. Ce lien de sang et d'eau – comme maître et esclave. Ce sont mes ancêtres qui ont conçu cette demeure et se sont écorché les mains jusqu'au sang pour la bâtir et la maintenir debout.

J'ai eu envie de le malmener, cet homme aux pieds nus. Comme j'avais malmené le garçon sur la route dans la nuit. Avait-il parlé de nous ? Était-ce ainsi qu'ils avaient su que nous vivions là – noirs, armés, terrifiés ? Et d'ailleurs, s'agissait-il d'un autre garçon ? Ma fureur aveugle, se déchaînant sur un enfant arrivé là par hasard, lui avait-elle instillé le germe de cette haine ? Quoi qu'il en soit, ma bouteille d'eau a fini à la verticale, et l'homme y buvait avidement, se laissant éclabousser.

C'est peut-être l'eau, ou peut-être la jeune femme que je suis : à cet instant il m'a regardée comme si soudain il me reconnaissait. Et là, le visage affligé de douleur, il a marmonné quelque chose, d'une voix hésitante d'abord, une voix qui ne savait pas où aller. *Ils ont pris mes filles.* Il a dit ça, ruisselant de larmes et se débattant encore dans nos cordes. *Ils ont pris mes filles – seulement sept et treize ans, qu'elles ont. Pitié, laissez-moi repartir.*

Nous l'avons laissé partir après lui avoir bandé les pieds, en guise de pansement mais aussi de chaussures, puis nous l'avons raccompagné jusqu'à la lisière du bois d'où il était arrivé. Et je me suis dépêchée d'aller voir MaViolet. J'ai été surprise de la trouver éveillée, lucide. Ms Edith était toujours à son chevet, chantant et battant le rythme d'un cantique qu'aimait beaucoup ma grand-mère. Sa bouche était légèrement entrouverte et j'ai trouvé que ses yeux avaient comme un aspect laiteux. Son regard s'est promené partout dans la chambre avant de venir se poser sur mon visage.

J'ai dit, *Ma.* Et j'ai pris sa main dans la mienne.

Elle m'a regardée, intensément, comme si elle voyait au travers de moi. Sa mâchoire s'est contractée, s'activant comme pour mettre sa bouche en mouvement mais sa langue restait figée au fond, aucun mot ne sortait.

Moi aussi j'ai entrouvert mes lèvres gercées par la soif, dans l'intention de tout lui raconter. L'homme aux pieds nus et les gens du verger. Le garçon sur la route, que j'avais tabassé et fait déguerpir. Je voulais lui parler de mon corps s'acheminant vers la maternité – et comme cela me semblait ahurissant, comme cela me semblait absurde – mais j'étais terrifiée.

Au lieu de cela, je me suis jointe à Ms Edith pour lui chanter quelques versets de ce vieux cantique, et ma voix s'est faite lisse au fond de ma gorge.

Precious lord, take my hand,
Lead me on, let me stand,
I am tired, I am weak, I am worn.

Il était hors de question que je la quitte des yeux, alors j'ai demandé à Knox de rassembler tout le monde, les enfants aussi. Je lui ai demandé de les faire venir tous à l'intérieur de cette maison où les empreintes boueuses de nos pas maculaient le sol parqueté. Où nos traces de doigts graisseuses se retrouvaient sur les patères à clés et s'accumulaient sur les cordes des instruments de musique dont nous ne savions pas le nom mais parvenions pourtant à tirer quelques sons. Où nos corps écrasés de chaleur, transpirants, s'imprimaient en profondeur sur les lits et les assises affaissées des sièges.

J'ai dit, *Que tout le monde vienne ici.*

Si nous nous réunissions dans le cabinet de travail de Jefferson, entre la chambre à coucher et la bibliothèque, je pourrais au moins garder un œil sur MaViolet allongée derrière moi, pour l'instant encore éveillée, avec nous. *Ils nous cherchent, ils vont venir*, lui ai-je chuchoté. *Ils seront là bientôt.*

En vérité je le savais déjà, qu'ils viendraient nous trouver, je le savais même avant que vienne l'homme aux pieds nus. Même avant que commence le démantèlement : avec tous ces vieux drapeaux brandis et ces tracts racoleurs déversés sur la ville. Même petite fille je le savais, au moment où ils avaient tué cette jeune femme et ensuite accusé de leur crime son corps à elle. C'était comme un petit trou percé au fond de mes poumons, me rappelant depuis toujours d'économiser mon souffle. J'avais hérité ce savoir de Momma, qui l'avait elle-même hérité de MaViolet. J'étais née avec ce savoir.

Tiens bon, MaVi, ai-je dit en attendant que les autres arrivent. Debout à son chevet, je lui tenais la main. C'était une terrible erreur de l'avoir traînée jusqu'ici, me disais-je. Tout ça pour quoi ? Et après tous les sacrifices qu'elle avait consentis pour moi. C'est grâce à elle que j'ai pu terminer le lycée, après que la mort de Momma nous a laissées l'une et l'autre dévastées. C'est elle qui m'a toujours incitée à ne jamais cesser d'aller de l'avant, à me rêver étudiante dans cette université prestigieuse – *Et pourquoi pas toi, ma petite-fille ?* m'avait-elle dit alors. MaViolet, c'est elle qui répétait toujours qu'on devait continuer à se battre, continuer à espérer, même dans notre peine infinie.

L'un après l'autre, chaque corps trouvait sa place dans le cabinet de travail et la bibliothèque contiguë, à voix basse comme dans une veillée funèbre. Des voix pétries de peur aussi, à cause de l'échec de notre expédition, à cause de tout ce que nous avait dit l'homme aux pieds nus. Mr Byrd parlait tout doucement à MaViolet, dont les yeux commençaient à se refermer. Pour tenir tous dans la pièce, les gens se coulaient entre les objets de Thomas Jefferson : son bureau et sa célèbre machine polygraphique permettant d'actionner deux stylets en même temps afin d'obtenir un double de chacune de ses lettres, pour la postérité. Ses tables à mappemondes et ses globes terrestres. Les étudiants s'appuyaient au rebord des fenêtres, attentifs à ne pas bousculer une commode en bois où reposait un buste d'ivoire. Ira et Carol se serraient sur un canapé qui avait la couleur de la valise de KJ, à l'extrémité duquel s'était aussi assise Yamileth, levant vers moi son mince visage. Les Yahya s'étaient glissés entre un instrument d'arpentage et un télescope incliné vers le ciel ; la plupart des objets autour étaient en laiton ou en bois de cerisier brun, ce qui n'était pas sans nous rappeler la petite vitrine du musée à l'étage du dessous, que les enfants avaient mise en vrac.

Devin est arrivé le dernier, juste après KJ, les jumeaux et Georgie, mais venant de la direction opposée. Sans doute avait-il coupé par la serre, enjambant le couchage où Knox et moi avions jusque-là dormi côte à côte toutes les nuits.

Après avoir fait entrer tout le monde, Knox s'était frayé un passage jusqu'à moi. Posant les mains sur mon dos, il me pressait de prendre la parole.

Il faut prendre une décision. J'ai dit ça d'une voix tendue par le sentiment de ma vulnérabilité, ou celui de ma responsabilité. *Tout de suite. Nous n'avons plus le temps.*

Dans cette urgence, nous nous sommes raconté à tour de rôle le détail des faits de la journée, et nos histoires ainsi réunies formaient un tout auquel chacun de nous appartenait. Carol a parlé des hommes armés du pick-up en embuscade. Knox, des gens du verger qui avaient refusé de nous aider. Mr Byrd, Elijah et KJ ont raconté à nouveau le moment où l'homme aux pieds nus s'était approché d'eux. Ensemble, par fragments, nous avons travaillé à décortiquer son message macabre afin d'en peser la menace.

Donc maintenant ils enlèvent et séquestrent des noirs.

Devin a posé sa main sur l'épaule d'Ezra pour le calmer ou le réconforter, mais l'exaspération de son cousin n'a fait que raviver la sienne. Il a dit, *Vous pensez qu'ils leur font quoi, aux filles de ce type ?*

Papa Yahya s'est passé une main dans les cheveux, les brossant en arrière, dévoilant leurs ondulations. Jobari, collé à son flanc, le tirait par le coude. *Ses pieds !* s'est exclamé le petit. *Tu as vu ses pieds, papa ? Nos pieds à nous aussi, ils vont être comme ça ?*

J'ai parlé du grand panache de fumée que nous avions aperçu, et j'ai dit que les hommes, d'après nos observations, se rassemblaient ou campaient probablement dans l'ancien sanatorium, près de l'autoroute. J'ai essayé de décrire le peu que nous avions pu constater : les bâtiments ravagés par le feu, les dégâts considérables et disparates, qui n'étaient probablement pas du seul fait de nos assaillants. Qu'avait-il pu se passer d'autre là-bas ? Qu'allait-il se passer encore ? Au moment où je décrivais les ruines de notre ville, j'ai cru sentir le regard de MaViolet, vif et brûlant, se poser à l'arrière de ma tête.

Quarante-huit heures, a rappelé Mr Byrd.

Une colère inouïe, une angoisse profonde et un regain de terreur se sont répandus dans la pièce, se manifestant par de nouveaux rictus à nos visages, des mains qui se tordent et des pieds qui ne tiennent pas en place. KJ, en reculant, a buté dans une pendule plus haute que lui, apposée au mur de la bibliothèque. *Mais elle est où ma valise ?* a-t-il demandé aux enfants Yahya. *Non mais, vraiment, vous en avez fait quoi ? Je l'ai pas vue depuis des jours !*

Mr Flores a parlé tout bas en espagnol. Son fils aîné, Edward, répétait ses paroles comme en écho, dans un anglais impeccable, marqué par ce rythme d'élocution propre à notre pays, à notre État, à notre ville, à notre rue : une sorte de prière.

Yamileth tirait sur les effilochures à l'ourlet de mon short, et sa chevelure brune ruisselait de part et d'autre de son visage maigre d'adolescente. *On ne peut pas les laisser faire,* a-t-elle dit, d'une voix pleine de cran et de rocaille. Je partageais son sentiment – le désespoir en plus. Tous ces hommes, tous ces véhicules, toutes ces armes, comment pourrions-nous l'emporter contre un tel déploiement de haine « souveraine » ?

Nous essayions de résoudre l'équation impossible : faire tourner la situation en notre faveur. Le soleil commençait de décliner, comme chaque soir, et lentement la pièce s'emplissait d'ombres.

J'ai dit encore une fois, *Nous n'avons plus le temps.*

Il faut qu'on parte, a dit Carol qui se relevait du petit canapé vert, amorçant un pas trébuchant. *On n'a qu'à prendre tout ce qu'on peut et… partir. On l'a déjà fait une fois. On pourrait prendre la route dans l'autre sens, s'éloigner de la ville. On pourrait même marcher. Trouver une autre ville. Camper dans un champ…*

Voulant faire un pas à mon tour, j'ai heurté sur ma droite l'arête saillante d'un présentoir pivotant, ravivant la blessure que j'avais à la hanche par une douleur aiguë. J'avais envie de retrouver MaViolet dans son lit, ou alors de partir en courant. J'étais rapide, ça je le savais maintenant : j'étais capable de courir vraiment vite. Mais il y avait MaViolet derrière moi, que je sentais se crisper dans ces draps de lit crasseux. Et devant moi il y avait Jobari et Imani, qui se cramponnaient aux jambes de Mama Yahya comme des petits marmots qu'ils n'étaient plus. En voyant Lakshmi chuchoter quelque chose à LaToya, j'ai repensé au trajet long et terrifiant qu'elle avait dû faire jusqu'à l'impasse de ses parents, au vieux drapeau caché là par le voisin. J'ai revécu, comme enchâssés dans la nuit, le virage que nous avions pris trop rapidement, notre montée précipitée, et l'arrêt violent à la barrière. Le bruit confus des sandales de Carol dans les gravillons, et ce gémissement qui monte en moi plus tard quand je vois les pieds souillés de l'inconnu. Il m'a semblé entendre des chiens aboyer au loin.

J'ai dit, *Il faut qu'on reste ensemble. Il faut qu'on se protège les uns les autres.*

Ms Edith, dans son fauteuil de l'autre côté de l'arche du lit de MaViolet, me fixait du regard. *Sa volonté.* Elle a dit ça. Puis, *Sur la terre comme au ciel.*

Ms Edith, m'avait-on dit, militait autrefois avec des groupes de prière qui organisaient des marches citoyennes jusque dans les rues de Washington. Dans notre ville aussi, elle s'était démenée, acharnée pour que la municipalité s'engage activement au service des habitants du quartier, qu'elle incitait à s'exprimer et à défendre leurs droits. Bien avant le démantèlement déjà, puis au cœur de l'effondrement, il lui arrivait de venir passer du temps avec MaViolet, qu'elle approvisionnait en ragots et produits frais du jardin. Ms Edith était de ces personnes chez qui la piété se manifestait dans l'action, d'une voix forte et les mains au ciel. Et quand elle a dit « Sa volonté », j'ai eu l'impression que nous aurions pu toutes et tous lever les mains au ciel pour prendre avec elle le chemin qui longe le cimetière de Jefferson et se poursuit en deçà du pavillon d'accueil. Traverser le parking jusqu'à l'endroit où ils ont retrouvé ces quelques ossements d'esclaves – sans sépultures, sans noms – pour aller nous étendre à même la terre de ce sol inégal et rude.

Je nous y voyais presque.

Il faut se battre, me suis-je dit alors, sans sortir de mon silence. Un murmure a dû m'échapper quand même, parce que j'ai senti à nouveau les regards se tourner vers moi. C'était ma nouvelle famille, celle que je m'étais choisie. Pourquoi aimons-nous ce que nous aimons ? J'ai ressenti tant d'amour, alors, pour chacune des âmes présentes en ce lieu, parce qu'elles m'étaient à la fois semblables et différentes. Parce que nous faisions désormais partie d'un même tout. J'aimais Knox, qui posait ses deux mains sur mes épaules, comme pour amortir un choc, baissant ses yeux tristes et graves. J'aimais les Yahya, dans leurs habits aux couleurs vives. Ainsi que LaToya aux cheveux mi-tressés, mi-détachés, se retournant pour regarder par la fenêtre ; Elijah et Ezra, ces deux faces de la même pièce de monnaie. Et Devin – oui, j'aimais Devin, même si cet amour compliquait tout. J'aimais chacun de ces enfants qui continuaient à jouer, toussant et haletant, et Ms Edith, dehors parmi ses plants d'herbes sauvages. Et même ces lapins aux museaux frétillants, et les oiseaux chapardeurs de mûres. Je jure que je l'aimais, cette terre riche et limoneuse, et aussi ces arbres, les arbres surtout. Parce que nous faisons tous partie d'un même tout, absolument sacré.

On va se battre. J'ai dit ça d'une voix hésitante. Et quand j'ai relevé la tête, c'est Devin que j'ai vu en premier, le dos appuyé aux rayonnages de livres, les dreads enchevêtrées autour du visage.

Pour moi, a-t-il dit, *tout ce qu'on a à faire, c'est défendre le sommet de la colline. Les bousiller juste assez pour qu'ils décident de passer sur celle d'à côté. Juste pour leur faire bien comprendre que ce petit bout de terre ici, c'est le nôtre.*

Peut-être qu'on peut essayer de les berner, a suggéré LaToya.

Leur faire croire qu'on est cruels et sans merci, a enchéri Mr Flores.

Leur filer la frousse, faire croire qu'on est des esprits de maison hantée, a dit Ms Edith.

On pourrait construire un genre de palissade tout autour, a proposé Ira.

C'est sûr que là on connaît bien la maison, et le terrain aussi, a déclaré Mr Byrd.

Peut-être les tenir à distance, le temps que les choses se rétablissent. C'était Knox.

On va se battre !

J'ai dit ça, d'une voix pleine de fureur et d'espoir.

Et tous ont répondu, *On va se battre !*

XII

Nous avons travaillé jusqu'au plus profond de la nuit, planifiant puis préparant l'installation d'un second poste de garde sur la lisière Est du domaine. J'ai maintenu l'échelle pendant que Mr Byrd y grimpait pour remonter le mécanisme de la gigantesque horloge du hall d'entrée. Avais-je remarqué son deuxième cadran sur la façade du bâtiment ? m'a-t-il demandé. Savais-je qu'une fois remontée, cette horloge faisait retentir toutes les heures un carillon que l'on pouvait entendre jusqu'à la vallée d'en bas ? Quand j'ai vu les aiguilles se remettre en mouvement, j'ai compris qu'il n'était plus question de se cacher. Le temps avait repris son cours.

Lorsque j'ai enfin pu me poser un peu, j'ai su que je ne parviendrais plus jamais à dormir. Le moindre craquement dans la maison me mettait en alerte, et si je fermais les yeux très fort, je me sentais devenir légère comme l'air. Flottant si haut que j'apercevais là-bas toute la ville qui scintillait. Depuis ces hauteurs, parmi les décombres fumants, je voyais de sombres cohortes d'hommes jetant du vieux bois dans un feu : cadres de fenêtres hérissés de clous, lattes de planchers satinées de mousse et de lichen.

Je voyais les gens du verger, chapeau sur la poitrine, contemplant rêveusement leur belle vue étoilée à travers le toit éventré de la grange. Je voyais les filles de l'homme aux pieds nus, leur peau foncée, se débattant dans les liens qui les entravaient. J'entendais encore résonner toute cette tristesse dans la voix de Devin, quand quelques heures avant il m'avait dit, *C'est toi qui es venue me voir.*

J'ai sûrement dormi un peu.

Le carillon retentissant de la grande horloge m'a réveillée, ses vibrations se répercutaient dans tout mon corps, et je me suis redressée d'un seul coup dans la noirceur. Je distinguais à peine la masse endormie de Knox à mon côté. Il avait dû me rejoindre quelque temps après que je m'étais couchée. Il s'est retourné, jetant son bras en travers de mes genoux. Immédiatement, je me suis rappelé tout ce qui pesait si lourdement sur nous. Alors, aussi silencieusement que possible, je me suis levée, traversant l'espace réduit de notre pièce, puis le dédale de tables et de chaises des appartements privés de Jefferson, où mes yeux peinaient à s'accommoder à la pénombre. Quand ils y sont parvenus, le visage endormi de MaViolet m'est apparu : ses yeux tout à fait clos, sa bouche anormalement crispée. Ms Edith dormait dans son fauteuil au chevet du lit ; elle a ouvert les yeux un instant, puis les a refermés en voyant que j'étais là.

Il fallait que je sorte, mais pour aller où ? Je me suis faufilée à travers le salon pour gagner le perron Ouest. Sur ma peau passait l'air de la nuit, sec et chaud.

J'ai traversé, pieds nus, le chemin de galets, pour me glisser sur la pelouse, espérant y attraper un semblant de brise. J'apercevais les tentes de la famille Flores toujours blotties en arc de cercle près de la lisière des arbres. La lune décroissante n'était plus qu'un faible filet et d'épais nuages s'étaient accumulés dans le ciel, qu'ils comblaient d'ombre goudronneuse. Il faisait tellement nuit, là, que j'avais du mal à me rappeler l'effet de l'éclairage des rues en ville. C'était troublant tout à coup de me rendre compte que la lumière artificielle avait eu tant d'importance dans mon existence jusque-là – la lueur bleue d'un écran de télévision à la fenêtre des voisins, les faisceaux lointains des phares d'une voiture, accentuant le contour des choses. Et comme je l'avais aimée, cette lumière facile et abondante, sans rien voir de la dévastation que recélait son excès. Maintenant je marchais sur l'herbe, et j'espérais seulement revoir un jour la lune pleine et brillante.

J'étais presque arrivée au petit étang quand j'ai cru voir un attroupement juste devant moi. Je me suis arrêtée pour écouter, le cœur tambourinant aux oreilles. J'ai fait un pas, puis un autre, sans même prendre garde aux orties ou aux piqûres d'insectes à mes chevilles. J'ai tendu les bras dans le vide au-devant, comme pour toucher un doux pelage roussâtre ou des bois de cerf à la grâce noueuse. Mais ma présence, même silencieuse, les a fait fuir : j'ai entendu un bruit de sabots qui se dispersent.

De nouveau j'étais seule.

J'ai fait quelques pas encore et, juste là, tout au bout de la terrasse Sud, il y avait une autre ombre – quelqu'un se tenait debout près des immenses chênes. En me rapprochant j'ai vu la silhouette se détacher de l'obscurité, et j'ai compris que c'était Devin. Sur un mur de la bibliothèque de Jefferson, il y a une série de portraits dans des cadres ovales, silhouettes au noir – figurant quelques-unes des personnes qui comptaient le plus pour Jefferson. Devin est l'une des personnes qui comptent le plus pour moi. De le voir là, je me sentais comme délestée, et plus que ça.

C'est ma faute. Tout de suite j'ai dit ça quand il a levé les yeux vers moi, comme si nous reprenions notre conversation là où elle s'était arrêtée dans le coffre, avant qu'il n'ait à se servir de son arme pour nous défendre une fois de plus. Il ne paraissait pas surpris de me voir – il avait quelque chose dans la main, son briquet Zippo. Quand il se refermait, ça faisait *clic. Et tu as raison*, ai-je dit ensuite. *C'est moi qui suis venue te voir.*

J'ai pensé qu'il répondrait, Oublie, et qu'ensuite il me dirait de retourner voir mon petit étudiant, mais il n'a rien dit du tout. Alors j'ai essayé de répondre à la question qu'il m'avait posée un peu plus tôt ce jour-là, à propos du fait que j'étais enceinte. Et je lui ai dit la vérité : que je ne savais pas si le bébé était de lui ou de Knox, ni même si c'était une fille. Lui dire cela, c'était espérer pouvoir attendre une fille.

Mais pourquoi tu es venue me voir ? a-t-il demandé.

Je me suis gratté le coude, qui me démangeait. *Je t'ai dit que c'était ma faute.*

Devin a attrapé une cigarette derrière son oreille, puis il a fait rouler le fragile cylindre de papier blanc entre ses doigts. *Pourquoi tu es venue me chercher, si c'est lui que tu aimes ?*

Dans ma vie, il n'y avait jamais eu qu'eux deux. D'abord Devin. Puis j'ai attendu longtemps, très longtemps. Puis Knox.

Et, juste cette fois-là, Devin à nouveau.

Rappelles-toi, Naïsha, a-t-il dit en s'adossant au large tronc rugueux derrière lui, *rappelle-toi ce jour-là, je t'ai dit que c'était vraiment pas rien, ce que tu avais fait – réussir à t'en sortir comme ça sans jamais lâcher le quartier. Ça m'a fait du bien, que tu viennes me voir, même en sachant que tu ne resterais pas.*

J'ai dit, *On n'y retournera plus, maintenant.*

Peut-être que non, ou peut-être que si. Il a répondu comme ça. Puis, *En tout cas, c'est vraiment pas rien, ce que tu as fait : nous conduire jusqu'ici.*

Devin a allumé sa cigarette à la flamme tranquille du Zippo. Je ne l'avais pas vu fumer depuis notre fuite, et maintenant le parfum du menthol se répandait autour de nous. Dans la faible lueur, je le distinguais un peu mieux : sa barbe de quelques jours, sa peau brune et lisse dessous, ses cils aux ombres longues.

Ma dernière. Il a dit ça et, l'air de rien, il a mis le Zippo dans ma main.

En fait voilà, a commencé Devin d'une voix hésitante comme avant, longtemps avant. *Les pourquoi n'ont même plus d'importance – plus maintenant. Ce qui compte aujourd'hui, c'est l'avenir, l'avenir de ce bébé. Promets-moi de ne plus venir me voir. Toi et moi, c'est de l'histoire ancienne. Les gens comme nous, on fait juste ce qu'on a à faire. Ce que je voudrais, c'est que tu ailles lui dire qu'elle est de lui et que tu fasses en sorte qu'il te croie. Parce que je sais qu'elle aura plus de chances de s'en sortir avec lui comme père. Va lui dire. Et s'il te plaît, ne reviens plus me chercher.*

J'ai ouvert la bouche pour dire quelque chose, dire que je n'étais pas d'accord avec lui, peut-être. Je voulais surtout dire quelque chose pour lui remonter le moral, et à moi aussi en même temps, mais là entre mes dents et ma langue, aucune parole n'est venue. Devin a lâché sa dernière cigarette et l'a écrasée sous sa semelle. Il m'a tourné le dos d'un mouvement résolu. Il ne se retournerait plus. Il s'est dirigé vers sa chambre au bout de la terrasse, me laissant seule avec cette petite chose en métal dans les mains. Puis j'ai retrouvé ma chambre, où Knox dormait encore.

XIII

Nous avons commencé la journée de bonne heure hier, sans nous autoriser le moindre répit. Bientôt vingt-quatre heures s'étaient écoulées depuis que l'inconnu aux pieds nus nous avait transmis le message des hommes en armes. Si ce qu'il avait dit était bien vrai, nous avions encore une journée entière pour nous préparer. Nous avions discuté en long et en large de la question de savoir si l'ultimatum énoncé par l'inconnu était ou non une ruse. Peut-être ces hommes étaient-ils déjà en route. Peut-être la menace était-elle sans fondement, sans autre but que celui de nous effrayer. Impossible de le savoir avec certitude.

Nous n'avons pas arrêté de la journée. Entre les coups de carillon égrenés toutes les heures par l'horloge, nous avons déterminé lesquels d'entre nous étaient les meilleurs tireurs et repéré les postes de guet les mieux défendables du site. Nous avons fractionné notre maigre stock d'armes et de munitions et nous nous sommes divisés en groupes à peu près équivalents, comme cela se fait à l'école primaire, chacun doté d'un camp de base, d'un talkie-walkie et d'un poste de vigie tourné vers l'un des quatre points cardinaux, comme la girouette de Jefferson. Mr Byrd et quelques autres ont aiguisé des débris de métal, dont ils se sont servis pour marquer un périmètre de sécurité en dessous de Mulberry Row. Les étudiants nous ont distribué des bonbonnes de gaz lacrymo et des masques de protection. Il aurait été imprudent d'envoyer un émissaire au sommet de Montalto, mais Devin et les jumeaux sont parvenus à se glisser jusqu'en haut de la pente du toit pour voir ce qui se passait plus bas.

Alors que je longeais la terrasse Sud en direction de la serre, je n'ai pas pu m'empêcher de noter combien tout cela nous transformait, une fois de plus. Durant ces heures de branle-bas, chacun s'était paré d'un objet provenant de la maison. Carol et Ira, qui récoltaient de quoi manger dans le potager, sirotaient de temps à autre une boisson qu'ils s'étaient servie dans une paire de gobelets en étain estampillés du nom de Jefferson. Les Flores s'affairaient à construire une palissade de tir le long de Mulberry Row à l'aide de troncs d'arbre, et derrière son dos, Mr Flores portait une paire de jumelles en laiton, suspendues à une fine cordelette de cuir. Georgie fendait du bois avec Papa Yahya, qui avait revêtu sur son bermuda une chemise ample que j'avais vue à la boutique de souvenirs, la « Chemise de tous les jours façon Jefferson ». LaToya, qui peignait une grande bannière aux côtés de Lakshmi et des autres étudiants, portait un minuscule cauris monté sur chaînette qui lui pendait au creux de la gorge. Même la ceinture de Mr Byrd, qui retenait son pantalon kaki devenu trop large, ressemblait étrangement à une pièce d'époque. J'ai entendu Ms Edith s'adresser à lui en passant sur l'esplanade latérale, et elle disait, *Ces lys d'un jour… Regardez-les donc, ils montent droit vers le ciel. J'imagine qu'ils ne nous dévoileront pas leur minois de soleil avant quelques semaines encore…*

Je me tenais devant l'immense fenêtre. J'étais toute à ma contemplation lorsque Knox, posant sa main sur ma nuque, m'a rejointe. Toute la matinée, nous avions été terriblement occupés, il courait d'un côté et moi de l'autre, et entre deux tâches l'un ou l'autre allait voir MaViolet. Nous faisions tout ce que nous pouvions, même si cela nous semblait loin d'être suffisant. Outre les pointes de métal aiguisées, nous avions tendu à certains endroits des fils barbelés entre les troncs d'arbres, censés faire chuter les assaillants ou les entailler aux tibias, pour le cas où ils graviraient la côte en courant dans le noir. Nous avions aussi déplacé nos réserves de nourriture et d'eau pour les stocker au cœur de la maison. Et du côté de la promenade Est, une fosse avait été creusée par les enfants, puis recouverte d'un drap et de feuillages.

Quoi d'autre ? a demandé Knox derrière moi, nettoyant ses lunettes dans un coin de sa chemise. Mes pensées allaient à cent à l'heure ; je nous mitraillais de questions pour parer à toute éventualité.

Et les enfants ?

Ils seront avec Mama Yahya dans le passage souterrain, m'a répondu Knox.

Et s'ils décident d'attendre jusqu'à ce qu'on cède ?

Knox m'a rappelé que si les frères Flores avaient monté cette palissade de tir, c'était pour mieux viser et éliminer nos ennemis. Les abattre. Les décourager. Knox m'a dit, *Nous avons assez d'eau, S'ils attendent, on attend aussi.* Il a remis en place ses lunettes, qui penchaient un peu de côté. Il a demandé, *Et ta grand-mère ?*

Nous avions fait de notre mieux pour que MaViolet se sente le moins mal possible, mais cela faisait plus de vingt-quatre heures qu'elle ne parlait ni ne buvait plus. Son lit sentait l'urine, et la dernière fois que j'avais essayé de lui faire sa toilette, avec une bassine et un linge, j'avais remarqué que son corps était couvert d'escarres, alors même que nous la changions de position aussi régulièrement que possible. À chaque souffle qu'elle expirait, sa poitrine s'incurvait comme une question, une question qui ne trouverait sans doute pas de réponse. Elle s'en irait dans un lit, au moins. Je me raccrochais à cette pensée, me forçant à y trouver une forme de consolation, sans pourtant y parvenir. On commençait à venir déposer des vases ou des coupes de fleurs à son chevet : digitales, lilas, œillets de poète. Une poignée de tulipes flétries. Qu'est-ce que cela signifiait, qu'elle soit ici, me demandais-je – et quelle importance cela avait-il ?

Et nous ? a dit Knox en me faisant pivoter de telle sorte que je me retrouve face à lui. *Est-ce que ça va toujours entre nous, Da'Naisha ? Est-ce que tu m'aimes encore ? Est-ce que tu veux encore de moi ?*

Toi, est-ce que tu veux de moi ? ai-je dit presque sans lui laisser le temps de finir sa phrase, me sentant aussitôt bête et vulnérable, et toujours aussi menteuse. Il a de nouveau retiré ses lunettes, qu'il a posées sur le bureau, et son visage m'est apparu rayonnant, nu, ouvert. Il m'a offert ses bras et je me suis mise tout contre lui, parce que j'en avais envie. Tout doucement il m'a enlacée, remontant jusqu'à mon visage, et partout où il décidait de poser ses mains je me sentais comme adoucie. Ses doigts effleuraient mon cou, son pouce caressait l'os de ma clavicule. Son menton se nichait dans le creux de ma chevelure. Il a dit, *Encore plus*, là dans la masse des cheveux. *Je te désire encore plus. Je t'aime encore plus.*

Je suis enceinte. J'ai dit ça, la tête enfouie dans sa poitrine.

Quoi ? Me retenant par les épaules, il me basculait en arrière pour mieux regarder mon visage.

J'ai répété, *Je suis enceinte.*

Le visage de Knox a semblé se métamorphoser au ralenti, passant de la stupéfaction à la joie, à la panique, et encore à la joie, et je sentais ses grandes mains frémissantes sur mes joues, recueillant mon visage. Il a mis sa bouche sur la mienne, souriant, pleurant, sans que jamais ses mains ne quittent ma peau. Il m'embrassait, me faisant reculer peu à peu et prudemment, jusqu'à ce que mon dos rencontre un mur. Jusqu'à ce que son corps tout entier rencontre le mien, mon corps comme une extension du sien, et ce saisissement de plaisir me ramenait presque au monde d'avant. *Oh mon Dieu*, a dit Knox, comme un juron, comme une prière. J'ai peut-être répété, *Mon Dieu.* Et nous avons murmuré, *Mon Dieu*, et nous pleurions.

XIV

Tout est calme à présent, bientôt le jour se lèvera. Au moment où j'écris ces lignes, j'imagine les hommes s'attroupant quelque part au bas de notre colline, de l'autre côté du pont de pierres. Le talkie-walkie sur la chaise crachote doucement, et même si le signal ne m'est pas encore parvenu, je le sais, ces hommes arrivent. Je le sais comme savent les fantômes, je le sais comme savent les mères.

Hier après-midi, je n'ai pas pu m'empêcher de noter qu'au beau milieu de ce branle-bas général, chacun avait trouvé le moyen de prendre soin de soi et des autres. Ezra est monté avec des brassées de tee-shirts pris à la boutique de cadeaux-souvenirs, que LaToya et Gary l'ont aidé à distribuer à la ronde. Georgie et Carol ont entrepris de nettoyer le premier étage de la maison, qu'ils ont entièrement dépoussiéré. Ira a fait une partie d'échecs avec KJ, qui était tout fier et bombait son petit torse creux. Mama Yahya a émergé du salon le visage rayonnant, suivie de ses enfants aux cheveux tout beaux tout brillants en tresses ou en torsades, comme ceux de Yamileth. Ms Edith et Lakshmi ont reçu l'aide de quelques-uns pour cuisiner un humble dîner. Des œufs cuits en brouillade sur un vrai feu, assaisonnés d'oignons nouveaux et de thym, avec quelques patates récoltées au potager. Des légumes sauvages et même des cerises, dénoyautées et délicieuses. Nous n'avions pas pris de repas chaud depuis notre tentative de rejoindre la ville, alors c'était comme une fête, ce dîner partagé tous ensemble — cœurs tremblants, corps impossibles à rassasier. Mr Byrd a sorti des bouteilles de vin poussiéreuses d'une réserve secrète, et ainsi nous avons mangé et bu, en descendant des assiettes à l'équipe du bas, afin que tout le monde puisse prendre part à ces éphémères réjouissances, parce que nous savions bien ce qui viendrait ensuite. Un peu plus tôt, j'avais moi aussi demandé à Mama Yahya si elle pouvait faire quelque chose pour mes cheveux. Sur l'esplanade du bas, elle m'a fait pencher la tête en arrière au-dessus d'une bassine, pour baigner d'eau tiède mes cheveux. De ses doigts habiles, elle a frictionné et ratissé ma chevelure, et ensuite, moi assise par terre entre ses jambes, je me suis sentie presque neuve. Elle m'a fait une raie bien droite, et elle a tiré mes cheveux vers l'arrière pour les nouer en deux petits macarons serrés sur la nuque. Avant que je puisse me relever, elle a plié pour moi un coupon d'un de ses pagnes, dont elle a entouré ma tête comme un bandeau, pour me couronner de couleurs.

J'ai mangé avec tout le monde, souriant malgré la terreur, riant aussi parce que parfois il faut rire pour s'aider à respirer. Je sentais sur moi le regard de Knox, différent, un regard qui savait quel réceptacle de vie j'étais maintenant. À un certain moment, Mama Yahya a mis dans mes bras son bébé, son petit garçon. Je l'ai trouvé bien lourd, et sa peau si délicate ; il sentait l'eau de lavande des bains que lui donne sa mère. Son poids sur mes genoux m'a fait l'effet d'une réparation – comme la terre retournée qui retombe au sol, riche et réoxygénée.

J'ai mangé ; puis je suis repartie voir comment allait MaViolet.

J'allais la voir avec l'espoir de la trouver éveillée, avec l'espoir qu'elle accepterait même de prendre un peu de nourriture dans sa bouche, pour goûter comme c'était bon. Quand je suis entrée, dans le lit son corps était étendu, mais ma grand-mère Violet n'y était plus. Lorsque je l'ai vue couchée là, j'ai repensé au temps qui avait suivi les premières tempêtes dévastatrices. À ces voitures tout le long de First Street, gyrophares rouges et bleus vers les fenêtres des maisons. Au début, les gens du quartier avaient pensé que la police était envoyée pour secourir, évacuer, mettre à l'abri ou ravitailler la population, toutes choses urgentes depuis que l'électricité avait été coupée. Je savais que les forces de l'ordre avaient été missionnées pour venir en aide à d'autres quartiers pendant ces quelques semaines qui avaient précédé leur dissolution ; sur le campus, par exemple. Mais ce jour-là, les policiers en casques et boucliers qui se tenaient postés en ligne dans notre rue, devant chez nous, n'avaient pas même un regard pour les gens qui y vivaient, comme s'ils avaient reçu l'ordre de ne pas les voir. Douze heures d'affilée, différents escadrons se sont relayés sans jamais laisser personne entrer ou sortir. Pas même pour aller chercher des médicaments. Pas même pour se ravitailler en nourriture et en eau. C'était douloureux, m'avait confié MaViolet quand je l'avais vue ensuite, d'arriver à son grand âge et d'être l'objet de tant de griefs et de peurs, encore, que sa propre ville natale ne trouvait rien de mieux à faire que de déployer toutes ses ressources policières contre elle. Et maintenant elle reposait là, dans ce lit haut, les yeux couleur d'argent tachetés de jaune comme le verre de mercure. Et moi, j'étais sa dernière parente en vie. J'ai posé ma main sur la sienne et je lui ai dit, enfin je lui ai dit que j'étais enceinte. Je lui ai dit que j'allais sortir de cette histoire debout, quoi qu'il advienne. Je lui ai dit que j'appellerais mon bébé Violet, comme elle.

Ensuite j'ai regagné la pelouse d'un pas chancelant, pour l'annoncer à Knox, pour l'annoncer à tout le monde. À voir l'expression de mon visage, sûrement ils ont compris. Je me suis effondrée alors, à genoux, en leur présence à tous, rassemblés autour de moi. Quelqu'un a serré ma main si fort que j'ai senti des ongles s'enfoncer dans ma paume, et la douleur a coupé court à la stupeur, me rappelant de reprendre souffle. J'ai entendu des sanglots, les miens ou ceux des autres, et pour finir notre commune douleur est devenue un presque-chant.

De retour à l'intérieur, Ms Edith m'a apporté une bassine d'eau chaude. J'ai eu du mal à déshabiller ma grand-mère, à faire sa dernière toilette, puis à la revêtir de son peignoir. Georgie, c'est lui qui est venu me porter pour elle, posé en travers de ses avant-bras, un rouleau de tissu aux couleurs passées et aux franges cramoisies.

Le soleil était au déclin déjà, lorsque nous avons enterré notre MaViolet, enveloppant son corps dans ces rideaux. Nous l'avons inhumée près du sentier pâle, dans la terre de ce sol béant, morcelant de nos pelles son enchevêtrement de racines. Nous avons couché son corps à même cette terre, avec un carré du précieux tissu pagne de Mama Yahya, à mi-chemin entre le cimetière Jefferson et celui des esclaves un peu plus bas.

XV

Il y a quelques heures, Knox est venu me réveiller sur notre couchage près des grandes fenêtres de la chambre-serre. J'ai senti son regard sur moi avant même qu'il ne dise mon nom dans le noir.

Naïsha. Je ne sais pas où j'avais la tête, on est vraiment dans la merde, tu sais. Il a dit, *On n'a pas assez pour se battre. On n'est pas assez nombreux, on n'a pas assez d'armes, on n'a pas assez de tout. Ces hommes vont nous massacrer.*

J'ai eu envie de dire, Je sais. Mais à ce moment-là, il m'était devenu si difficile ne serait-ce que d'avaler ma salive, de prononcer le moindre mot. J'ai réussi à en articuler trois. *Nous sommes ici.*

Dix-neuf jours que nous sommes ici, au sommet de cette colline. Dix-neuf jours que nous explorons des caves poussiéreuses et des pièces lumineuses, que nous coupons des rubans et touchons toutes ces choses : *tout est à nous.* Même cette carte faussée de l'Afrique, même ces rideaux à la française, faits d'étoffe cramoisie. Nous avons parcouru de long en large le passage souterrain entre dépendances et demeure, arpenté libres et sans entraves l'entièreté de ce domaine. Serrés les uns contre les autres dans l'« habitation d'esclaves », nous avons aussi ressenti la chaleur torride à l'intérieur de cette maison de tôle. Dix-neuf jours qui sont comme dix-neuf ans, et ce matin je sens que les hommes sont en train de se rassembler plus bas dans la nuit qui s'amoncelle. Bientôt ils monteront en braillant et franchiront la lisière des arbres et traverseront le potager, piétinant nos choux de Bruxelles – le temps est compté. Je les entends presque.

Sachez qu'on s'est battus avec tout ce qu'on avait – on s'est battus pour s'en sortir, debout. On s'est battus avec nos quelques munitions et nos poings nus, nos mégaphones et nos lacrymos, notre scepticisme et notre foi. J'ai consigné les noms de chacune et chacun de nous, avec nos dates de naissance et la date de la mort de MaViolet. Je place ces pages à l'intérieur du livre de Thomas Jefferson, *Observations sur l'État de Virginie*, au milieu de ses remarques sur la largeur de nos rivières et l'altitude de nos monts, entre ce qui le limite et ce qui lui donne espoir. Je replacerai ce livre sur l'étagère de la bibliothèque des guides de Monticello, dans cette pièce où l'on voit ma grand-mère sur une photo exposée au mur. Je regarde cette image maintenant, et MaViolet y est majestueuse ; resplendissante, même. Un jour, peut-être, quelqu'un retrouvera nos noms parmi ces livres ou leurs cendres, et saura que nous étions ici, que nous comptions aussi.

Je ne sais pas ce qui va se passer. Je ne sais pas ce qui se passe ailleurs, hors de notre ville, hors de notre État. Je sais seulement que je ne les laisserai pas prendre mon corps. Je sais seulement qu'ils vont payer, eux aussi. Avec Mr Byrd, on a rempli des bouteilles d'essence et enfoncé dedans des chiffons en prenant soin d'en laisser dépasser une partie – j'ai le Zippo de Devin dans ma poche, je m'en servirai s'il le faut. Sans doute qu'ils prendront le dessus sur nous, mais ils ne prendront pas cette maison – pas intacte. Si un jour on retrouve nos corps dans ces lieux, j'espère que nous serons enterrés entre les deux cimetières : ainsi nous pourrons au moins reposer ensemble. Enterrés ou pas, nous veillerons sur tout ce qui se passe ici, pour toujours, avec tous ceux qui ont vécu et rêvé et sont morts ici. Nous laisserons nos corps remplir le vide entre le passé et l'avenir, jusqu'à ce qu'il soit impossible de les distinguer, jusqu'à ce que tout cela ne soit plus qu'une grande lueur, celle des âmes éclairant le chemin du retour.

REMERCIEMENTS

Ce premier roman n'aurait pas vu le jour sans le soutien indéfectible et le discernement redoutable de mon agent, Meredith Kaffel Simonoff, ainsi que l'extraordinaire attention et l'enthousiasme de mes éditeurs : Kate Harvey au Royaume-Uni ; Retha Powers et Barbara Jones aux États-Unis. Un grand merci à l'équipe de Harvill Secker/Vintage, entre autres Suzanne Dean au graphisme, Mollie Stewart au service commercial et Lucie Cuthbertson Twiggs aux relations presse.

Merci aux personnes et aux institutions qui œuvrent à mettre en lumière l'histoire locale des populations noires de Charlottesville. Merci à la Fondation Thomas-Jefferson pour son travail de préservation et d'entretien de la demeure de Monticello, où j'ai senti mon cœur tout ensemble s'élever et se briser.

Je remercie les ateliers et résidences d'écriture auxquels j'ai eu le privilège de participer, en particulier les lieux où j'ai travaillé à l'élaboration de ce livre : Tin House Summer Workshops, Virginia Center for the Creative Arts et Hedgebrook.

Merci à mon groupe d'atelier d'écriture de toujours, à toutes les personnes qui se sont dévouées pour lire et commenter ces pages, aux membres de ma famille et de ma communauté, à mes amis et mes anciens camarades de classe. Merci à tous les écrivains dont les mots m'ont aidée à voir le monde avec davantage de lucidité, ou à y trouver ma place.

Merci à mes jeunes élèves d'arts plastiques : vous êtes une source d'inspiration inépuisable. J'espère que vous continuerez inlassablement à apprendre et à façonner le monde en artistes. Merci à mes chers amis et à ma famille élargie, à mes oncles, tantes et innombrables cousins et cousines. Merci à ma mère, formidable conteuse, ainsi qu'à mon père avisé, à mon grand frère au grand cœur, à ma belle-sœur bienveillante, et à mon fils, qui parle toujours vrai (je voudrais te laisser un monde meilleur, mais je crains de ne pouvoir te laisser que des histoires qui y aspirent).

À mon partenaire de vie et de création, Billy, merci pour tes encouragements et ton dévouement, et merci de me faire rire aux larmes presque tous les jours. De m'empêcher de sombrer aussi, et de prendre toutes ces photos, et de veiller au bon fonctionnement des outils informatiques ; de m'avoir ravitaillée en ramen ou en sandwichs, et j'en passe. Tout cela est en moi. Tout cela est notre vie. Tu es mon étoile au firmament.

«Terres d'Amérique»

Collection dirigée par Francis Geffard
(Extrait du catalogue)

NANA KWAME ADJEI-BRENYAH
Friday Black, nouvelles

CHRIS ADRIAN
Un ange meilleur, nouvelles

SHERMAN ALEXIE
Indian Blues, roman
Indian Killer, roman
Phoenix, Arizona, nouvelles
La Vie aux trousses, nouvelles
Dix Petits Indiens, nouvelles
Red Blues, poèmes
Flight, roman
Danses de guerre, nouvelles

TOM BARBASH
Les Lumières de Central Park, nouvelles
Beautiful Boy, roman

TOM BISSELL
Dieu vit à Saint-Pétersbourg, nouvelles

AMANDA BOYDEN
En attendant Babylone, roman

JOSEPH BOYDEN
Le Chemin des âmes, roman
Là-haut vers le nord, nouvelles
Les Saisons de la solitude, roman
Dans le grand cercle du monde, roman

TAYLOR BROWN
Les Dieux de Howl Mountain, roman
Le Fleuve des rois, roman

KEVIN CANTY
Une vraie lune de miel, nouvelles
Toutes les choses de la vie, roman
De l'autre côté des montagnes, roman

DAN CHAON
Parmi les disparus, nouvelles
Le Livre de Jonas, roman
Cette vie ou une autre, roman
Surtout rester éveillé, nouvelles
Une douce lueur de malveillance, roman

MICHAEL CHRISTIE
Le Jardin du mendiant, nouvelles
Lorsque le dernier arbre, roman

TOM COOPER
Les Maraudeurs, roman

CHARLES D'AMBROSIO
Le Musée des poissons morts, nouvelles
Orphelins, récits

CRAIG DAVIDSON
Un goût de rouille et d'os, nouvelles
Juste être un homme, roman
Cataract city, roman
Les Bonnes Âmes de Sarah Court, roman
Cascade, nouvelles

ANTHONY DOERR
Le Nom des coquillages, nouvelles
À propos de Grace, roman
Le Mur de mémoire, nouvelles
La Cité des nuages et des oiseaux, roman

LOUISE ERDRICH
L'Épouse Antilope, roman
Dernier rapport sur les miracles à Little No Horse, roman
La Chorale des maîtres bouchers, roman
Ce qui a dévoré nos cœurs, roman
Love Medicine, roman
La Malédiction des colombes, roman
Le Jeu des ombres, roman
La Décapotable rouge, nouvelles
Dans le silence du vent, roman
Femme nue jouant Chopin, nouvelles
Le Pique-nique des orphelins, roman
Larose, roman
L'Enfant de la prochaine aurore, roman,
Celui qui veille, roman
La Sentence, roman

BEN FOUNTAIN
Brèves rencontres avec Che Guevara, nouvelles
Fin de mi-temps pour le soldat Billy Lynn, roman

TOM FRANKLIN
Le Retour de Silas Jones, roman
Braconniers, nouvelles

CHRISTIAN KIEFER
Les Animaux, roman
Fantômes, roman

THOMAS KING
Medicine River, roman
L'Herbe verte, l'eau vive, roman

SANA KRASIKOV
L'An prochain à Tbilissi, nouvelles
Les Patriotes, roman

RICHARD LANGE
Dead Boys, nouvelles
Ce monde cruel, roman
Angel Baby, roman
La Dernière Chance de Rowan Petty, roman

MATT LENNOX
Rédemption, roman

BRIAN LEUNG
Les Hommes perdus, roman
Seuls le ciel et la terre, roman

MAXIM LOSKUTOFF
Viens voir dans l'Ouest, nouvelles

ROBIN MACARTHUR
Le Cœur sauvage, nouvelles
Les Femmes de Heart Spring Mountain, roman

STEPHEN MARKLEY
Ohio, roman

LESLIE MARMON SILKO
Cérémonie, roman

DINAW MENGESTU
Les Belles Choses que porte le ciel, roman
Ce qu'on peut lire dans l'air, roman
Tous nos noms, roman

STEFAN MERRILL BLOCK
Le Noir entre les étoiles, roman

PHILIPP MEYER
Le Fils, roman
American Rust, roman

LEILA MOTTLEY
Arpenter la nuit, roman

MATTHEW NEILL NULL
Le Miel du lion, roman
Allegheny River, nouvelles

ERIC NGUYEN
La Solitude des tempêtes, roman

TOMMY ORANGE
Ici n'est plus ici, roman

KEVIN PATTERSON
Dans la lumière du Nord, roman

BENJAMIN PERCY
Sous la bannière étoilée, nouvelles
Le Canyon, roman

DONALD RAY POLLOCK
Le Diable, tout le temps, roman
Une mort qui en vaut la peine, roman

DAVID JAMES POISSANT
Le Paradis des animaux, nouvelles
Un bel esprit de famille, roman

ERIC PUCHNER
La Musique des autres, nouvelles
Famille modèle, roman
Dernière journée sur terre, nouvelles

SHANNON PUFAHL
Et nous nous enfuirons sur des chevaux ardents, roman

JON RAYMOND
Wendy & Lucy, nouvelles
La Vie idéale, roman

ELWOOD REID
Ce que savent les saumons, nouvelles
Midnight Sun, roman
La Seconde Vie de D.B. Cooper, roman

KAREN RUSSELL

Swamplandia, roman

Foyer Sainte-Lucie pour jeunes filles élevées par les loups, nouvelles

Des vampires dans la citronneraie, nouvelles

Le Lévrier de Madame Bovary et autres histoires, nouvelles

ANJALI SACHDEVA

Tous les noms qu'ils donnaient à Dieu, nouvelles

JON SEALY

Un seul parmi les vivants, roman

HUGH SHEEHY

Les Invisibles, nouvelles

WELLS TOWER

Tout piller, tout brûler, nouvelles

DAVID TREUER

Little, roman

Comme un frère, roman

Le Manuscrit du Dr Apelle, roman

Indian Roads, récit

Et la vie nous emportera, roman

BRADY UDALL

Lâchons les chiens, nouvelles

Le Destin miraculeux d'Edgar Mint, roman

Le Polygame solitaire, roman

GUY VANDERHAEGHE
La Dernière Traversée, roman
Comme des loups, roman
Comme des feux dans la plaine, roman

CLAIRE VAYE WATKINS
Les Sables de l'Amargosa, roman

ANTHONY VEASNA SO
Nous aurions pu être des princes, nouvelles

KATHERENA VERMETTE
Les Femmes du North End, roman

SHAWN VESTAL
Goodbye, Loretta, roman

VENDELA VIDA
Se souvenir des jours heureux, roman
Les Habits du plongeur abandonnés sur le rivage, roman

JOHN VIGNA
Loin de la violence des hommes, nouvelles

WILLY VLAUTIN
Motel Life, roman
Plein nord, roman
Ballade pour Leroy, roman
La Route sauvage, roman
Devenir quelqu'un, roman

JAMES WELCH

L'Hiver dans le sang, roman

La Mort de Jim Loney, roman

Comme des ombres sur la terre, roman

L'Avocat indien, roman

À la grâce de Marseille, roman

Il y a des légendes silencieuses, poèmes

COLSON WHITEHEAD

Underground Railroad, roman

Nickel Boys, roman

Harlem Shuffle, roman

L'Intuitionniste, roman

CALLAN WINK

Courir au clair de lune avec un chien volé, nouvelles

August, roman

SCOTT WOLVEN

La Vie en flammes, nouvelles

JOHN WOODS

Lady Chevy, roman

Retrouvez toute l'actualité des éditions Albin Michel
sur notre site albin-michel.fr
et suivez-nous sur les réseaux sociaux !
Instagram : editionsalbinmichel
Facebook : Éditions Albin Michel
Twitter : AlbinMichel

Composition : IGS-CP
Impression : Imprimerie Floch, novembre 2023
Éditions Albin Michel
22, rue Huyghens, 75014 Paris
www.albin-michel.fr
ISBN : 978-2-226-47836-8
N° d'édition 25181/01 – N° d'impression : 103626
Dépôt légal : janvier 2024
Imprimé en France